KB233480

베니또 쎄레노

「베니또 쎄레노」를 통해 멜빌의 상상력에 빠져들다

베니또 쎄레노

| 멜빌/ 역자 황문수

서 문

미국 작가, 허만 멜빌(Herman Melville: 1819~1891)은 파란만장한 삶을 산 작가이다. 그는 젊은 시절 상선, 포경선, 군함 등을 승선한 해양 경험을 지니고 이를 작품에 크게 반영하고 있다. 그의 초기작 「우무」와 「타이피」에서 유작 「빌리버드」에 이르기까지 대부분의 작품이 그렇다. 그의 대표작은 「모비딕」, 일명 「백경」으로, 이는 풍부한 해상경험과 상상력을 바탕으로 당시 사회상과 인간심리를 깊이 있게 그려내고 있다. 그는 이로 인해 19세기에 상상력이 가장 뛰어난 작가이자 심리 묘사의 선구자라는 평을 얻고 있다.

그의 중편 「베니또 쎄레노」는 노예 매매가 성행하던 시기에, 선상에서 흑인이 일으킨 폭동을 배경으로 한 작품이다. 폭동의 주모자인 흑인 바보와 그의 동료들은 폭동 사실을 은폐하기 위해서 온갖 계략을 꾸며 스페인의 베니또 선장과 백인에게 무자비한 만행을 저지른다. 폭도들의 위협 속에서 꼭두각시 노릇을 하는 베니또 선장은 죽음에 대한 공포로 정신적, 육체적으로 황폐한 상태에 이른다. 우연히 폭동선을 발견하고 그 배에 오른 미국인 데라노 선장은 삼인성호(三人成虎)라는 말처럼 폭동의 주모자 바보와 그의 동료, 그리고 베니또 선장이 꾸며내는 거짓 행위로 끝없이 기만을 당하며 좌절한다. 두 선장 사이의 대화를 바탕으로 이야기를 펼쳐 나가는 작품은 실제 사건을 소재로 한 것이 아닌가 하는 의심이 들만큼 사실감과 박진감(迫進感)이 넘쳐흐른다.

매순간 죽음에 시달려온 베니또 선장은 천우신조로 데라노 선장의 배에 뛰어들어 기적적으로 살아남는다. 평생을 종교 문제에 매달려왔다고 해도 과언이 아닌 멜빌은 두 선장의 극적 경험을 통해 초자연적인 세계에 대한 믿음과 감동을 전하고 있다. 시대정신의 작가인 멜빌은 「베니또 쎄레노」를 통해 당시 사회에서 노예 문제의 심각성과 인간의 간교함, 정신적 상흔으로 인한 충격과 자연관 등 다양한 견해를 대화와 내면독백 형식으로 전하고 있다. 「베니또 쎄레노」는 멜빌의 대표작은 아니지만 그의 상상력과 심리 묘사가 돋보이는 작품성이 우수한 작품이다.

역자 황문수

차 례

베니또 쎄레노 / 9

베니또 쎄레노에 대하여 / 161

허만 멜빌의 생애 연대기 / 173

베니또 쎄레노

1799년에 매사추세츠 덕스버리 출신으로 커다란 바다표범잡이 배 겸 무역선을 지휘하는 아마사 데라노 선장은 칠레의 긴 해안선 최남단으로 펼쳐진 황량한 작은 무인도, 산타마리아 항구에 귀중한 화물을 싣고 닻을 내렸다. 그는 물을 구하기 위해서 그곳에 기항했다.

둘째 날, 해가 뜬 지 얼마 되지 않아 그가 선실에 있을 때, 한 항해사가 밑으로 내려와서 그에게 이상한 배 한 척이 만(灣)으로 들어오고 있다고 보고했다. 당시 그 해역에는 배들이 지금처럼 많지 않았다. 그는 일어나 옷을 입고 갑판으로 올라갔다.

그날 아침 그 해변은 특이했다. 모든 것이 매우 고요했다. 모든 것은 잿빛이었다. 파도가 길게 일렁이며 굽이쳤지만 바다의 움직임은 멈춘 듯했고, 마치 제련소의 주물에 냉각되어 굳어진 물결 모양의 납판처럼 표면이 빛났다. 짙은 수증기 사이를 섞여 날아가는 데 어려움을 겪는 잿빛 새들의 친구들이나 친척 무리들은, 마치 폭풍 전에 제비들이 풀밭 위를 나는 모습처럼 바다 위를 낮고 초조하게 미끄러지듯이 날고 있었다. 현재의 그림자는 다가올 음영이 더욱 짙을 것임을 암시하고 있었다.

데라노 선장이 놀랍게도, 선창을 통해 본 이상한 배는 해안에 사람이 살지 않고, 단지 다른 한 척의 배만이 정박할 수 있는 항구에 배가 들어올 때, 그렇게 하는 것은 모든 국가의 평화로운 바닷사람들에게는 관습이었다고 할지라도, 국기를 달고 있지 않았다. 장소가 외지고 무법지대인 점과 당시 해역과 관련된 이야기를 고려해 볼 때, 데라노 선장이 유별나게 반복되는 자극적인 경우를 제외하고, 개인적 두려움이나 인간의 사악함을 비난하는 것과 관련된 생각에 빠져들지는 않는 신뢰가 깊은 본성을 지닌 착한 사람이 아니었다면, 당시에 그에 빠져들지는 않았지만, 그의 놀라움은 불안감으로 깊어질 수 있었을 것이다. 인간성이 무엇을 할 수 있는가 하는 관점에서, 자비로운 마음과 더불어, 그런 특성이 지적 인식의 일상적 민첩성이나 정확성 이상을 의미하는지 어떤지는 현명한 사람이 판단해야 할 부분이다.

그러나 이상한 배를 처음 보았을 때, 어떤 오해가 생겼더라도,

항구로 항해 중인 배가 뱃머리에 암초가 뚜렷이 보이는 상태에서 육지로 너무 가까이 접근하고 있는 것을 목격함으로써, 그것은 거의 해소될 수 있었을 것이다. 이 때문에 배는 정말로 바다표범잡이 배에뿐만 아니라 섬에도 낯선 자임을 입증하는 듯했다. 결국, 배는 그 바다에 익숙한 해적선일 리가 없었다. 데라노 선장은 배 – 선체의 선실로부터 아침의 먼 햇살이 아주 희미하게 흘러나오고, 부분적으로 선체를 감싼 수증기 때문에 쉽게 항해하지 못하고 있는 배의 움직임 – 에 커다란 관심을 가지고 계속해서 주시했다. 이때 수평선 가장자리에 반구를 이룬 태양이 항구에 들어오는 이상한 배와 동행하고 있었을 때, 배는 태양과 아주 흡사했다. 이 무렵 낮고 느리게 움직이는 구름에 쌓인 태양은 마치 누런 스커트와 투박한 천으로 덮인 인디언 총안[1]으로부터 광장을 엿보는 리마[2]의 어느 간통한 여자의 사악한 한쪽 눈과 거의 같은 모습을 보여주었다.

안개가 가렸기 때문이었지만, 배를 오래 주시하면 할수록, 배의 움직임은 더욱 특이해 보였다. 그 배가 들어올 것인지 아닌지 혹은 무엇을 원하는지, 무엇을 하려는 것인지를, 즉시 판단하기가

---

1) 몸을 숨긴 채로 총을 쏘기 위하여 성벽, 보루(堡壘) 따위에 뚫어놓은 구멍.
2) 페루에 있는 도시. 태평양 연안 가까운 고원에 있으며, 섬유·식품 따위의 공업이 발달하였다.

어려웠다. 밤 동안에 약하게 일었던 바람은 이제 아주 가볍고 잠잠해져 배의 움직임은 더욱 불확실해졌다.

마침내 곤경에 처한 배일 것이라고 생각한 데라노 선장은 구명용 보트의 닻을 내리도록 했다. 그리고 그는 항해사의 신중한 반대에도 불구하고 배에 올라갈 준비를 하고 배를 항구로 안내하라고 했다. 전날 밤에 고기잡이 수부의 일행은 바다표범잡이 배로부터 보이지 않는 떨어진 섬으로 멀리 나갔다가, 날이 밝기 한두 시간 전에 많은 양의 고기를 잡고 돌아왔다. 마음씨 좋은 선장은 낯선 배가 오랫동안 정박을 할 수 없을 것이라고 생각하고, 선물로 몇 바구니의 고기를 배에 싣고 노를 저어갔다. 배가 암초를 향해 계속해서 너무 가까이 다가가기 때문에, 위험하다고 생각한 그는 부하 승무원을 불러, 배에 탄 사람들에게 그들 상황을 서둘러 알리라고 했다. 그러나 그 배가 천천히 속도를 늦추기 조금 전에, 바람은 약했지만, 이미 변해서 배 주변의 수증기를 흩뜨렸을 뿐만 아니라 배의 항로를 바꾸어 놓았다.

가까이서 볼 수 있게 되자, 여기저기에 안개가 덮인 채, 납빛의 커다란 파도 가장자리 위에서 뚜렷이 모습을 드러낸 배는 피레네 산맥[3]의 어두운 절벽 위에 걸쳐 있는 폭풍 후에 회반죽으로 칠해

---

3) 유럽 남서부, 프랑스와 에스파냐 양국의 국경을 이루는 산맥.

진 수도원처럼 보였다. 그러나 그것은 데라노 선장이 현재 잠시 동안 승려만을 실은 배가 그의 앞에 있다는 생각을 갖게 했던 환상적인 유사성을 지니고 있지 않았다. 현장[4] 너머로 희미한 거리에서 실질적으로 보이는 듯했던 것은 검은 수사 무리들이었다. 열린 총안을 통해서 조바심이 날 만큼을 드러내며 움직이는 다른 검은 모습은 수도원을 서성거리는 검은 승려복을 입은 도미니크교단[5] 수사들의 모습과 간신히 구별되었다.

더욱 가까이 접근하자 모습은 달라졌다. 배의 진정한 모습은 평범했다 – 한 식민지 항구에서 다른 식민지 항구로, 다른 귀중한 화물 중에서 흑인노예를 운반하는 1등급의 스페인 상선이었다. 당시 공해상에서 가끔 만날 수 있었던 그와 같은 매우 크고, 그 시기에 아주 훌륭한 배는 아카풀코[6] 보물선, 즉 스페인 왕실 해군의 퇴역함을 종종 대신했다. 그런데 그 배는 선주들이 몰락한 상태에서도 초자연주의적인 이태리 궁전처럼 여전히 이전의 표지판을 달고 있었다.

구명용 보트가 점점 가까이 가자, 낯선 배는 특이하게 파이프점

---

4) 갑판 위에 있는 사람이나 짐이 밖으로 떨어지거나 물이 갑판 위로 올라오는 것을 막기 위하여 뱃전에 설치한 울타리.

5) 1215년 도미니크가 세운 탁발 수도회.

6) 멕시코시티 남서쪽 400km, 외양(外洋)으로부터 보호된 내만(內灣)에 있으며, 해안은 아름다운 모래사장과 절벽으로 이어져 있다.

토[7]로 칠해져, 배에는 게으름이 만연한 것처럼 보였다. 활대,[8] 밧줄 그리고 현장의 대부분은 오랫동안 솔질이나 타르 칠을 하지 않고, 긁어내지도 않아 거칠어 보였다. 배의 용골[9]은 늑재[10]를 함께 모아놓은 듯했다. 그리고 배는 드라이 본의 에제키엘 유역에서 진수되었다.

배는 과거에 종사했던 일을 현재도 하고 있기 때문에, 배의 전반적인 형태와 삭구[11]는 근본적으로 호전적이며 프루아사르[12]형으로부터 전혀 외형적인 변화를 겪지 않은 듯했다. 하지만 총은 보이지 않았다.

장루[13] 부분은 컸고, 옛날에 팔각형 그물이 난간 여기저기를 두르고 있었으나, 이제는 슬프게도 모두 파손되어 있었다. 이런 장루는 세 개의 못쓰게 된 새장처럼 높이 걸려 있었다. 이 중에 한 삭구 위에는 늘어지고 몽유병 환자와 같은 특성 때문에 그렇게 불린 조류로, 바다에서 자주 손으로 잡을 수 있는 이상한 새인 제비갈

---

7) 담배 파이프 제조용, 가죽 제품을 닦는 데도 쓰임.

8) 돛 위에 가로 댄 나무.

9) 선체의 세로 강도를 맡은 중요한 부분.

10) 나무배에서 배의 용골 좌우로 바깥쪽을 갈비뼈처럼 둘러싼 뼈대.

11) 배에서 쓰는 로프나 쇠사슬 따위를 통틀어 이르는 말.

12) 프랑스의 연대기 작가·시인(?1333~?1400). 저서는 백년 전쟁을 기술한 연대기 4권 등이 있다.

13) 군함 따위의 돛대 위에 꾸며놓은 대. 전망대나 포좌(砲座)로 쓴다.

매기가 앉아 있는 것을 볼 수 있었다. 부서지고 오래된 성곽과 같은 선수루14)는 오래전에 공격을 받아 왼쪽이 부서진 옛날 지붕의 탑처럼 보였다. 선미 쪽으로는 두 개의 높이 솟은 선미15) 전망대 —마르고 불붙기 쉬운 바다 이끼들이 여기저기 덮인 난간—특별 선실로부터 앞으로 뻗어나갔고, 선실의 채광창은 온화한 날씨에도 불구하고 은밀히 봉해지고 잠긴, 주인이 없는 발코니—가 거대한 베네치아의 운하처럼 바다 위에 걸려 있었다. 그러나 웅장함을 잃은 주요 유물은 신화적이나 상징적인 고안물이 그룹을 이루어 여기저기에 원형으로 카스티야와 레온16)의 무기가 묘하게 새겨진 꽤나 큰 타원형의 방패처럼 생긴 선미 조각품이었다. 그 맨 위 중앙에는 마스크를 쓴 검은 반인반수가 발로 똑같이 마스크를 쓰고 엎드려 꿈틀거리는 사람의 목 위를 밟고 있었다.

배가 뱃머리에 달린 조각상을 지녔는지, 단지 평범한 부리를 지녔는지, 그것을 다시 닦는 동안에 보호하기 위해서든지, 부식되어 가는 모습을 고상하게 감추기 위해서이었든지, 그 부분은 덮인 덮개 때문에 전혀 알 수 없었다. 돛 밑에는 일종의 받침대 앞쪽을 따라서 해병의 장난인 양 '*너의 지도자를 따르라*'는 글이 거칠게

---

14) 배의 앞머리에 있는 선루(船樓).

15) 배의 뒷부분.

16) 스페인 중부의 옛 왕국. 스페인 자치 지방의 하나.

페인트칠 되었거나 희게 칠해 있었다. 한편, 빛바랜 머리판 위 가까이에는 커다란 대문자로 도금된 '**산 도미니크**'라는 배의 이름이 보였는데, 동색 첨탑의 녹이 흘러내려 각 글자는 줄을 지어 부식되어 있었다. 한편 상장[17] 초처럼 해초의 검은 줄이 관처럼 흔들리는 선체와 함께 이름 위를 앞뒤로 미끄럽게 스쳤다.

　마침내 보트가 중앙 출입구 쪽을 따라 선수에 닿이 채워져, 그 용골이 선채와 아직 몇 인치 분리되어 있는 동안, 그것은 가라앉은 산호초 위에서인 듯 거칠게 갈렸다. 그것은 바다 밑에 혹처럼 달라붙은 커다란 조개나 굴의 덩어리였음이 드러났다. 그것은 그런 해역이 침체된 분위기와 오랫동안 활동이 없었음을 말해주는 것이었다. 뱃전을 오르자 방문자는 즉시 소란한 흑인과 백인의 무리들로 둘러싸였으나, 예상할 수 있었던 것보다 흑인이 백인보다 많았으며, 항구 안의 낯선 배는 흑인 운반선이었다. 그러나 하나의 말, 즉 한목소리로 그들 모두는 똑같이 고통스러운 이야기를 퍼부었다. 많은 사람 중에 적지 않은 흑인들의 고통에 대한 호소의 열기는 백인들보다 훨씬 대단했다. 많은 사람들이 열병과 괴혈병으로 목숨을 잃었고 특히 스페인 사람들이 그러했다. 그들은 케이프 혼의 앞바다에서 간신히 난파를 피했고, 당시 며칠간 바람이 불지

---

17) 조상(弔喪)의 뜻을 나타내기 위하여 옷깃이나 소매 따위에 다는 표.

않아 꼼짝하지 못했으며, 식량이 거의 바닥나고 물은 거의 말라 입술이 바싹 탔다.

데라노 선장에게 모든 사람이 열렬히 말하는 동안, 선장의 호기심 어린 눈은 주위에 모든 다른 물건과 함께 모든 얼굴을 주시했다.

크고 이름 있는 항해중인 배, 특히 동인도의 바다 사람들이나 마닐라 바다 사람들과 같이 구별하기 어려운 승무원들이 탑승한 외국배를 처음 승선할 때마다 느끼는 인상은 이상한 나라에 이상한 동료들과 함께 이상한 집에 들어감으로써 생기는 그런 인상과는 특이하게 다르다. 집과 배 – 벽과 햇볕이 가리어진 집과 성벽처럼 높은 현장이 있는 배 – 는 마지막 순간까지 그들의 내부를 보아야 알지만, 이 배의 경우는 다음과 같은 것이 더 있다. 배가 갑자기 완전히 노출되는 순간, 배가 지니고 있는 생생한 광경은 그것을 둘러싸고 있는 공허한 바다와 대조를 이루며, 마력적인 영향을 미치는 어떤 점을 지니고 있다. 그 배는 실제의 배가 아닌 듯 보였다. 이 같은 이상한 복장과 태도, 그리고 얼굴들이 있었다. 그러나 그것은 그것이 준 것을 즉시 돌려받아야 하는 깊은 곳으로부터 방금 나온 어두운 극적인 장면이었다.

위에서 그것을 묘사하려 한 것처럼, 꼼꼼히 그리고 천천히 살펴볼 때, 데라노 선장의 마음에는 유별난 것처럼 보일 수 있었던 것은 무엇이든지, 그것을 고조시키는 어떤 것이 있었다. 특히 네 명의 나이 든 백발이 성성한 키가 큰 사람들은 머리를 검고 끝이 마른 버들가지 모양을 하고 있었다. 그들은 밑에 소란스러움과는 아주 대조를 이루어, 스핑크스처럼 웅크리고 앉아 있었다. 한 사람은 우현[18]의 닻걸이 부근에, 다른 한 사람은 좌현[19]에 있었다. 그리고 나머지 두 명은 주 닻사슬[20] 위 반대편 현장에서 서로 얼굴을 맞대고 있었다. 그들 각각의 손에는 꼬지 않은 오래된 밧줄 타래를 가지고 있었다. 그들은 뱃밥[21]을 곁에 두고 자기만족적인 금욕주의적 태도로 낡은 밧줄로 뱃밥을 만들고 있었다. 그들은 끊임없이 낮고 단조로운 소리를 내며 일을 하고 있었다. 그들은 마치 장송곡을 연주하는 머리가 흰 많은 백파이프를 부는 사람들처럼 청승맞게 노래를 부르고 있었다.

후갑판은 꽤나 높은 선미루[22]에 솟아 있었고, 그 앞쪽 가장자리 위에는 뱃밥을 만드는 사람들과 마찬가지로 일반 사람들보다 위로 약 팔 피트 올려진, 다리를 꼰 다른 여섯 명의 흑인이 일정한 간격을 두고 한 줄로 앉아 있었다. 그들은 손에 녹슨 자귀(戰斧)[23]

---

18) 고물(배의 뒷부분)에서 뱃머리를 향하여 오른쪽에 있는 뱃전.

19) 고물에서 뱃머리를 향하여 왼쪽에 있는 뱃전.

20) 닻에 연결된 쇠사슬.

21) 배의 틈으로 물이 새어 들지 못하도록 틈을 메우는 물건. 흔히 천이나 대나무의 얇은 껍질을 쓴다.

22) 배의 고물에 만들어놓은 선루(船樓).

를 쥐고 있었는데, 각각은 작은 벽돌조각과 누더기를 가지고 접시를 닦는 사람처럼 문지르고 있었다. 한편, 두 사람 사이에는 작은 무더기의 자귀가 있었는데, 녹슨 끝 부분은 앞쪽으로 돌려져 손질을 기다리고 있었다. 간간이 네 명의 뱃밥을 만드는 사람들이 짤막하게 밑에 있는 무리 중의 어떤 사람이나 사람들에게 이야기를 한다고 할지라도, 여섯 명의 자귀를 닦는 사람들은 다른 사람에게 말을 걸지 않았고, 숨소리조차 내지 않았다. 이따금 일과 오락을 같이 하는 것에 대해, 흑인들이 유별나게 좋아하기 때문에, 그들은 옆으로 두 사람씩 자귀를 심벌처럼 야만적인 소리를 내며 부딪치는 때를 제외하고는, 앉아서 일에 열중하고 있었다. 많은 사람들과 달리 여섯 명 모두는 순박한 아프리카 사람의 본래 모습을 지니고 있었다.

그러나 눈에 덜 띄었던 수십 명과 함께 그런 열 명에 머물렀던 전체를 바라본 첫 눈길은 왁자지껄한 소리 때문에, 성마른 방문자가 배를 지휘하는 사람이 누구인지 알아보기 위해서 몸을 돌리자, 곧 그들에게 멎었다.

그러나 그의 고통스러운 임무 중에서 은근히 그 배의 상황을 드러내려 하거나, 그렇지 않으면 당분간 그것을 억누르는 절망에

---

23) 나무를 깎아 다듬는 연장의 하나.

서인 듯, 낯선 사람이 보기에 점잖고 말이 없어 보이며, 다소 젊고 옷은 유난히 잘 입었지만, 최근에 잠을 이루지 못할 정도의 걱정과 불안의 분명한 흔적을 지닌 스페인 선장이 주돛대에 기대어 멍하니 서 있었다. 그런데 그는 한순간에는 흥분한 사람들에게 활기 없는 황량한 눈길을 보내기도 하고, 다음 순간에는, 방문자에게 불행한 눈길을 보내기도 했다. 그의 곁에는 키가 작은 흑인이 서 있었는데, 양치기 개처럼, 그가 이따금 스페인 선장의 얼굴을 말없이 올려다 바라보았을 때, 그의 거친 얼굴에는 슬픔과 애정이 교차하고 있었다.

미국인은 무리 사이를 헤치며 스페인 선장에게 다가가, 그에게 동정심을 확인시키고 힘이 닿는 것은 무엇이든 도우려 했다. 스페인 선장은 그에 대해 당분간 대답은 했으나 건강이 좋지 않고 우울한 기분 때문에, 진지하고 의례적인 답례인 국가적 의식은 간단히 표했다.

그러나 곧 간단한 인사를 하는 데 시간을 뺏기지 않고, 출입구로 돌아간 데라노 선장은 고기바구니를 가져오라고 했다. 아직 바람이 약하고 배가 정박하기까지는 얼마의 시간이 흘러야 했기 때문에, 승무원들이 바다표범잡이 배로 가서 그 승무원들이 먹을 부드러운 빵과 갑판에 남아 있는 호박, 설탕상자와 그의 열두 개 개인 탄산수병과 함께 구명용 보트가 운반할 수 있는 만큼 많은 양의 물을 가져오라고 했다.

배를 밀어 보낸 후, 몇 분이 지나지 않아, 아주 약이 오르게 바람은 완전히 가라앉았고, 조수가 바뀌어 배는 손쓸 수 없이 바다로 떠내려갔다. 그러나 이것이 오래 지속되지 않을 것이라고 믿은 데라노 선장은, 그가 스페인 대양을 따라 빈번히 항해를 했기 때문에, 그런 상황에 처한 사람들과 그들 모국어로 어느 정도 자유롭게 대화를 나눌 수 있었던 것에 적지 않은 만족을 느끼며, 낯선 사람들에게 상당한 희망과 함께 힘을 북돋아주려고 했다.

그들과 함께 홀로 남겨진 동안, 그는 곧 첫인상을 깊게 하는 성향이 있는 어떤 것을 곧 목격했다. 놀라움은 식량이나 물이 귀해서 분명 그렇게 된 스페인 사람들이나 흑인들에 대한 깊은 동정으로 변했다. 그리고 오래 계속된 고통이 흑인들의 마음을 거칠게 했고, 마찬가지로 그들에 대한 스페인 선장의 권위를 손상시킨 듯했다. 그러나 분명 그 상황에서 이런 일은 예상할 수 있었던 것이다. 군이나 해군, 도시 혹은 가족 자체에 있어서 불행보다 잘 잡힌 질서를 무력하게 하는 것은 없다. 여전히 데라노 선장은 만일 베니또 선장이 매우 정력적인 사람이었다면, 현재와 같은 잘못된 통제를 거의 초래하지는 않았을 것이라는 생각이 들지 않는 것도 아니었다. 그러나 스페인 선장의 정신적이나 신체적 고통으로 유발되었거나, 형성된 무기력은 너무 뚜렷해서 지나칠 수 없었다.

희망으로 오랫동안 속아왔던 것처럼, 뿌리 깊은 좌절에 희생된 그는 허위의 상황이 끝나고 희망의 그날, 다시 말해서, 길게 잡아 저녁에 그의 승무원들을 위한 많은 물을 가지고 정박해서, 상의하고 친구가 될 형제 선장이 그에게 대단하게 용기를 줄 수 있는 희망조차도 지금 받아들이지 않았다. 그의 마음은 비록 아주 심하게 영향을 받지 않았지만 기력을 잃은 듯했다. 지겨울 정도로 무조건적으로 반복되는 지휘의 사슬에 매이고, 도토리나무로 된 이 같은 벽에 갇힌 채, 그는 어떤 히포콘드리증[24] 환자인 수도원장처럼 이리저리 천천히 걷다가, 종종, 갑자기 섰다가 걷고 혹은 입술이나 손톱을 깨물고, 얼굴이 붉어지거나 창백해지기도 하고 혹은 수염을 실룩거리면서 정신 나간 침울한 표정을 지었다. 이처럼 풀죽은 마음은 앞서 암시되었듯이, 몸도 풀이 죽은 듯했다. 그는 키는 큰 편이었으나 건강치 못한 듯했고, 신경성의 고통으로 거의 해골처럼 말라 있었다. 어떤 폐렴에 대한 증상이 최근에 확인된 듯했다. 그의 목소리는 마치 폐의 반이 거칠게 눌린 사람의 목소리와 같았다. 이런 상태에서 그가 이리저리 서성거리며 걷고 있을 때, 하인이 걱정스럽게 그를 따라다니는 것은 당연했다. 흑인은 때때로 주인의 팔을 붙들기도 하고, 그를 위해 주머니에서 손수건을 꺼내기

---

24) 히포콘드리증: 심기증, 자신이 스스로 중병에 걸린 것 같다고 생각하는 병.

도 하는 사랑의 열정으로 이렇거나, 이와 비슷한 일을 했다. 그런데 이런 열성적인 애정은 비천한 것이 아니라, 스스로 임무를 효성이나 형제애와 같은 행위로 바꾸어 놓았다. 그리고 흑인은 그것 때문에 세상에서 가장 만족한 몸종이라는 평판을 얻었다. 또한 그는 주인이 엄격한 상사의 관계를 필요로 하는 종이 아니라, 종보다는 오히려 신실한 동료로 친숙하게 믿음으로 대할 수 있는 사람이었다.

백인이 침울한 채 무능해 보이는 듯한 것과 흑인이 소란스럽게 복종을 하지 않는 듯한 점을 주목하며, 데라노 선장이 바보의 한결같은 착한 행위를 목격하는 것은 인간적인 만족이 없는 것도 아니었다.

그러나 다른 사람에게 예의가 없는 것이나 다름없는 바보의 선행은 정신이 반쯤 나간 돈 베니또를 무기력에서 끌어내려는 듯했다. 그런 것은 정확하게 스페인 사람이 그의 방문객 때문에 신경이 쓰여 지은 인상 때문이 아니다. 스페인 사람의 개인적 불안이 현재 존재하지만, 그것은 배에 전체적인 고통의 뚜렷한 특징으로 나타났다. 여전히, 데라노 선장은 돈 베니또가 자신에게 비우호적으로 무관심했던 시간을 생각하지 않을 수 없었던 것을 적지 않게 걱정했다. 또한 스페인 사람은 씁쓸하고 우울한 무시하는 태도를 드러냈다. 그런데 그는 애써 감추려고 하지 않는 듯했다. 그러나 자비로운 생각을 지닌 미국인은 이것을 질병으로 인한 괴로움 탓으로 돌렸다. 그는 앞의 예에서, 특이한 본성의 경우, 오래 지속된 신체적 고통이 모든 사회적 본능인 친절함을 없애려는 듯하다는 것을 알았기 때문이다. 검은 빵을 먹도록 스스로 강요하는 것처럼, 그들은 그들 가까이 오는 개인은, 경멸적으로든 혹은 모욕적으로든, 그들의 음식에 간접적으로 참여하는 것은 공정하다고 생각하는 듯했다.

그러나 곧 데라노 선장은 스페인 사람을 판단하는 문제에 처음으로 깊이 생각했다고 하지만, 결국 충분한 자선을 베풀지 못했다고 생각했다. 근본적으로 그를 불쾌하게 한 것은 베니또의 침묵이었다. 그러나 충성스러운 종도 침묵했다. 그는 바다의 관습에 따라, 정해진 시기에 몇몇 하찮은 졸개 백인이나 혼혈아 혹은 흑인이 전하는 형식적인 보고조차, 무시하는 듯한 혐오감을 억누르고 경청하는 인내심을 보여주지 않았다. 그런 경우에, 그의 태도는, 정도에 있어서, 권좌에서 군주가 은둔하기 위해 퇴각하기 바로 전, 찰스 5세나 그의 제국 시골사람의 태도와 다름없다고 여겨질 수 있었다.

그의 입장에 대한 이 같은 불편한 듯한 혐오감은 그의 거의 모든 일에서 확인되었다. 그는 침울한 것처럼, 자만심에 찼다고 할지라도, 개인적인 명령은 내리지 않았다. 필요한 특별한 명령은 무엇이든지, 그의 전달은 몸종에 위임되어, 부르면 쉽게 알아들을 수 있는 거리에서, 돈 베니또 주변을 끊임없이 배회하는 심부름을 하는 소년이나, 안내 소년처럼 뛰어다니는 사람이나, 민첩한 스페인 소년 혹은 노예 소년을 통해서 최종 목적지에 전해졌다. 그래서 어떤 육지 사람이 무감하게 침묵을 지키며 이리저리 돌아다니는 병약자를 보았다면, 그는 항해 중인 그가 세속적인 호소력을 넘어선 절대권을 지니고 있었다고는 생각조차 하지 못했을 것이다.

그러므로 말없는 사람으로 생각되는 스페인 사람은 타율적으로 정신적 혼란을 겪는 희생자인 듯했다. 그러나 사실 그의 침묵은 어느 정도 의도적으로 나왔을지 모른다. 그렇다면 여기에는 큰 배의 선장이, 많든 적든 택하는 양심적인 정책이라고 할지라도, 이는 냉정한 정책의 불건전함이 최고조에 이르는 것을 나타내는 것이었다. 그런데 그런 정책은 분명, 비상시를 제외하고, 사회성의 모든 흔적과 함께 소란스러움을 드러내는 것을 똑같이 말살시킨다. 그래서 그것은 사람을 하나의 토막이나 장전된 대포와 같은 것으로 변화시켜, 위협적인 요구가 있기까지는, 말할 만한 것을 가지고 있지 않는다.

그를 이런 점에서 볼 때, 그런 것은 힘든 자기절제의 오랜 과정에서 나온 왜곡된 습관의 자연스러운 표시인 듯했다. 그래서 현 상황에도 불구하고, 스페인 사람이 여전히 어떤 행위를 지속하는 것은, 아무리 해가 없고 혹은 항해 초기에 *산 도미니크호*가 그랬을지 모르는 것처럼, 설비가 잘 갖추어진 배에 나쁘지 않고 적합했을지 모르지만, 결코 사려 깊지 못한 것이었다. 그러나 스페인 사람은 아마 상황을 신에 있어서처럼, 선장에게도 마찬가지였다고 생각한 듯했다. 모든 상황에서 침묵은 여전히 필요한 것임에 틀림이 없다. 그러나 무기력한 지배권에 대한 이런 외형은 의식적으로 무능해 보이려는 의도된 기만으로, 깊은 술책이 아니라, 얕은 술책이었을지도 모른다. 그러나 돈 베니또 선장의 이 모든 태도가 의도적이든지, 그렇지 않든지, 모두가 이렇다고 할지라도, 데라노 선장이 만연한 침묵을 주목하면 할수록, 그는 자신에 대한 그 같은 침묵이 특이하게 드러내는 어떤 것에 대해서 불안감을 덜 느꼈다.

그의 생각은 그 선장만으로 채워 있는 것은 아니다. 그는 바다 표범잡이 배의 가족과 같은 편안한 승무원들의 조용한 질서정연함에 익숙해 있기 때문에, *산 도미니크호*의 고통을 겪는 사람들의 소란스러운 혼란이 반복적으로 그의 시선을 끌었다. 규율에서만이 아니라 예절이 무너진 것을 알았다. 데라노 선장은 이런 것은, 주로 커다란 책무와 함께 사람이 많은 배의 정책을 세우는 일을 맡는 하급갑판 장교들이 없기 때문이라고 생각하지 않을 수 없었다. 사실, 그 늙은 뱃밥을 만드는 사람들은 간간이 그들 나라 사람인 흑인들을 감시하는 순경 역할을 하는 것처럼 보였다. 그러나 비록 그들이 종종 사람들 사이의 작은 소란을 성공적으로 누그러뜨린다고 해도, 전체를 조용하게 하는 데는 거의 혹은 전혀 아무 것도 할 수 없었다. *산 도미니크호*는 대서양 횡단 이주민 배로 많은 살아 있는 화물들은, 의심할 바 없이, 몇 개인들로 이들은 짐짝이나 상자처럼 귀찮지는 않았다. 그러나 다소 거친 동료들에게 그런 것에 대한 친근한 충고는, 항해사에게 비우호적인 부하처럼, 유효하지 않았다. *산 도미니크호*가 원했던 것은 이민 배가 지니고 있는 강력한 상급 장교들이었다. 그러나 이 갑판 위에서는 4등 항해사조차 볼 수 없었다.

방문자의 호기심은 그런 것이 없어서 생기는 일과 함께 나타난 불행의 특이하게 세부적인 사항을 알고 싶어 하는 것으로 자극받았다. 비록 그는 처음 들은 울음소리에서, 항해에 대한 어떤 암시가 나왔지만, 세부적인 것에 대해 분명히 알 수 있는 것을 얻지 못했다. 가장 훌륭한 설명은 의심할 바 없이 선장이 할 수 있을 것이다. 그러나 우선 방문자는 어떤 간접적 비난을 불러일으키는 것을 꺼렸기 때문에, 상황을 물어보는 것을 싫어했다. 그러나 용기를 내어 그(데라노 선장)는 배의 불행을 알기만 하면, 결국 그들을 구할 수 있을 것이라는 점을 덧붙이고, 자선에 대한 관심을 새롭게 보이며, 마침내 돈 베니또 선장에게 다가갔다. 돈 베니또 선장이 모든 이야기와 함께 그에게 호의를 보이기를 원했다.

돈 베니또 선장은 비틀거렸다. 그 다음에 그는 갑자기 간섭을 받은 어느 몽유병환자처럼, 멍하니 방문객을 응시하다, 갑판 바닥을 계속 바라보았다. 그가 이런 자세를 얼마 동안 계속했기 때문에, 데라노 선장도 마찬가지로 정신이 나가, 거의 자신도 모르게 무례하게, 그에게 몸을 돌리고 원하는 정보를 얻기 위해서 스페인 뱃사람들 중의 한 사람에게 말을 걸려고 앞으로 갔다. 그러나 그가 다섯 발짝도 못 가서, 곧 베니또 선장은 그를 열렬히 불러 세우고, 그가 정신이 없었음을 유감스럽게 생각하며, 그를 만족시킬 마음의 각오를 고백했다.

대부분의 이야기가 주어지는 동안, 두 선장은 하인을 제외하고, 가까이에는 아무도 없는 특권이 주어진 주갑판 뒤편에 서 있었다.

'몇 명의 선실 승객들 – 합해서 약 오십 명의 스페인 사람들 – 과 함께 잘 배치되고 잘 승선된 이 배가 일반적인 짐, 철물, 파라과이차 등을 실고 부에노스 아이레스에서 리마로 떠난 것은 이제 190일이 되었지요'라고 스페인 사람은 쉰 듯한 작은 목소리로 이야기를 시작했다. 그리고 그는 앞쪽을 가리키며 '지금 당신이 보다시피, 150명도 안 되지만, 당시에 흑인의 수는 300명 이상이었습니다.' '케이프 혼 앞 바다에서 심한 폭풍을 만났습니다. 밤에 순식간 열다섯 명의 수부, 아래 활대와 더불어 최고의 장교 세 명을 잃었습니다. 그리고 지렛대로 얼어붙은 돛을 두드리며 항해를 하려고 했을 때, 스링25)이 있는 곳에 그들 밑에 있던 활대가 부러졌습니다. 선체를 가볍게 하기 위해서 무거운 파라과이차는 그때 갑판 위에 함께 매두었던 대부분의 물파이프와 함께 바다에 던져졌습니다. 궁극적으로 우리에게 가장 커다란 고통을 가져온 것은 후에 우리가 경험한 장기간의 지체와 결합된 이 최후의 필수품이었습니다. 그때에 - '라고 말했다.

여기에서 의심할 바 없이, 그의 정신적 고통으로 갑작스러운 졸도를 유발할 것 같은 기침이 나왔다. 하인은 그를 부축했고, 그의 주머니로부터 강심제(감로주, 흥분제)를 꺼내 입에 대었다. 그는 약간 정신을 차렸다. 그러나 흑인은 불완전하게, 회복된 상태에서 부축을 하지 않고 내버려두는 것을 꺼리며, 한쪽 팔로 주인을 조용히 감싸고, 그 일이 입증할 수 있는 듯이, 눈은 완전한 회복의 최초 징조, 즉 경과를 보기 위해서인 양, 그의 얼굴을 주시했다.

스페인 사람은 걸었으나 꿈을 꾸고 있는 사람처럼 멍하고 상심해 보였다.

'아, 저런! 내가 만났던 최악의 끔찍한 돌풍을 통과했기보다, 오히려, 기쁘게 맞아들였었더라면.' '그러나 - .' 그의 기침은 다시 시작되어 더욱 심해졌다. 입술은 빨개지고 눈은 감은 채, 그는 기

---

25) 달아 올리는 기계.

침을 억제하며 부축하는 사람에게 쓰러졌다.

'그의 정신은 헤매고 있습니다. 그는 폭풍에 이어진 전염병을 생각하고 있었습니다.' '정말로 불쌍하신 선장님' 한 손은 움켜쥐고, 다른 한 손으로는 입을 닦으며, 하인은 슬프게 한숨을 내쉬며 말했다. '그러나 선장님, 이 발작은 오래가지 않을 것입니다. 선장님은 곧 정상으로 돌아오실 것입니다'라고 다시 데라노 선장에게 몸을 돌리며 말했다.

정신을 회복한 돈 베니또는 말을 계속했다. 그러나 이 부분에 대한 이야기는 제대로 전달되지 않아, 여기서는 골자만 이야기할 것이다.

그 배가 케이프 혼 앞바다의 폭풍 속에서 여러 날 풍랑을 겪은 후, 괴질이 발생해서, 여러 명의 흑인들과 백인들이 목숨을 잃었다. 마침내 그들이 돌아서 태평양으로 들어갔을 때, 활대와 돛의 피해를 입었고, 대부분은 환자 상태로, 배는 살아남은 뱃사람들에 의해 대충 손질되었다. 강한 바람 때문에, 배를 북쪽으로 닻을 내릴 수 없어서, 통제할 수 없는 배는, 여러 날 동안 계속해서 북서쪽으로 밀려갔고, 약한 바람으로 낯선 해역에서 갑자기 꼼짝 못하게 되었다. 전에 물파이프가 있었던 것이 삶을 위협했듯이, 이제는 물이 없는 것이 삶에 치명적이었다. 정량에 턱없이 부족한 물로 야기되었거나, 최소한 약화된 나쁜 열병에 이어 괴질이 따랐다. 불행한 재난으로, 배에 남아 있는 승무원을 포함해서, 아프리카 사람들의 모든 가족과 비교적 많은 스페인 사람들이 파도로 쓸려간 것처럼, 오랫동안 바람이 불지 않은 극단적인 더위도 상황을 그처럼 어렵게 만들었다. 결국, 파도가 일지 않은 후, 마침내 불어온 매서운 서풍으로, 쉽사리 내려져야 하지만, 필요할 때에 말리지 않던, 이미 찢어진 돛은 지금처럼 거지의 누더기 옷처럼 되었다. 돛과 물의 공급뿐만이 아니라, 잃은 선원들에 대한 대체물을 구하기 위해서, 최대한 빠른 기회에 선장은 칠레와 남아메리카 최남단의 문명화된 항구인 발디비아26)로 향했다. 그러나 그 해안에 접근하자, 안개가 자욱한 날씨 때문에, 그는 항구를 거의 볼 수 없었다. 그 이래, 거의 한 승무원도 없이, 돛도, 물도 거의 없는 상태에서, *산 도미니크*호는, 이따금, 늘어난 죽은 사람을 바다에 수장하며, 파도에 쓸려 이리저리 떠밀리거나, 수초에 걸려 꼼짝을 못 하고 있었다. 숲에서 길을 잃은 사람처럼, 배는 간 곳을 다시 가게 되었다.

'그러나 이런 재난 동안, 줄곧 당신이 보시는 이 흑인들에게 나는 감사해야 합니다. 비록 경험이 없는 당신의 눈으로 그들이 고분고분하지 않은 것처럼 보인다고 할지라도, 그들은 진정 그 상황

---

26) 칠레 남부의 로스라고스 주(州)에 있는 도시. 카예카예 강(江)과 크루세스 강(江)이 합류하여 발디비아 강(江)을 이루는 지점에 있으며, 태평양에서 18㎞ 떨어져 있다.

에서 주인이 생각할 수 있었던 이상으로 자신들은 전혀 휴식을 취하지 않고 행동했습니다'라고 돈 베니또는 고통스럽게 몸을 돌려 하인을 반쯤 껴안으며, 쉰 목소리로 이야기를 계속했다.

여기에서 그는 기절하듯이 다시 쓰러졌다. 다시 그의 마음이 방황했으나, 회복해서 모호하지 않게 말을 이었다.

'예, 그들 주인이 흑인에게는 어떤 족쇄도 필요치 않을 것이라고 내게 확인시킨 것은 정말 옳았습니다. 그래서 그 흑인들이 이 같은 운송기관에 익숙해 있기 때문에, 기니 노예 수송선에서처럼 밑에 가만히 박혀 있는 것이 아니라, 항상 갑판에 남아 처음부터 마음대로 주어진 구역 내에서 자유롭게 돌아다니는 것이 허락되었습니다.'

다시 정신이 혼미해져, 그의 마음은 헤매는 듯했으나, 그는 회복되어 다시 말을 시작했다.

'그러나 맹세코, 내가 생명 보존을 신세졌을 뿐만 아니라, 이따금 소곤거리는 소리가 있을 때, 무지한 형제들을 달래는 데 공을 세운 것은 여기 있는 바로 바보입니다.'

'아, 주인님, 저에 대해 말씀하지 마세요. 바보는 한 일이 없습니다. 바보가 한 것은 단지 의무였습니다'라며 흑인은 얼굴을 숙이고 한숨을 쉬며 말했다.

'충직한 사람이군요! 베니또, 나는 당신의 그런 친구가 부럽습니다. 나는 그를 노예라고 부를 수 없군요'라고 데라노 선장이 큰 소리로 말했다.

그 흑인이 그 백인을 보살피며, 주인과 종이 앞에 있었을 때, 데라노 선장은 그에게 대단한 충실성과 자신감을 보여주는 그런 관계의 아름다움을 생각하지 않을 수 없었다. 그 장면은 그들의 상대적 지위를 나타내는 의복으로 뚜렷이 대조되었다. 스페인 사람은 짙은 우단의 느슨한 칠레 재킷과 작은 흰옷을 입고, 무릎과 정강이에는 은빛 장식이 달린 긴 양말을 신고, 가느다란 풀로 만들어진 높은 왕관 모양의 중절모를 쓰고 있었다. 허리띠의 매듭에는 은으로 장식된 가느다란 칼이 매달려 있었다. 마지막 것은 이 시기에 남미 신사복장에 장식보다는 유용성 때문에 거의 변함없이 사용하는 부속품이었다. 그가 이따금 몸을 심하게 틀 때, 생기는 무질서한 듯한 것을 제외하고, 정교한 복장은 주변의 보기 흉한 모습과 묘하게 부조화를 이루었다. 흑인이 전체를 차지하고 있는 주돛대의 전편 쓰레기가 쌓인 구역과 특히 대조를 이루었다.

하인은 통이 큰 바지만 입고 있었는데, 분명 거칠고 덧댄 것으로 보아, 그것은 낡은 어느 중간돛으로 만들어진 것이었다. 바지는 깨끗했고 허리에는 꼬지 않은 밧줄이 묶여 있었다. 그런데 이따금 침착하고 사죄하는 듯한 그의 태도는 그를 기도하고 있는 수도사, 성 프란시스와 같은 어떤 모습으로 보이게 했다.

적어도 무딘 생각을 지닌 미국인의 눈에, 아무리 모든 고통 가운데에서 아주 이상하게 살아남았고, 그리고 아무리 시간과 장소에 어울리지 않았다고 할지라도, 베니또 선장의 옷치장은, 최소한 유행에서는, 그 계층의 남미 사람들이 입는 당시 스타일을 벗어나지 않았을지 모른다. 그는 부에노스 아이레스로부터 출항해서 현재 항해 중이라고 할지라도, 자신은 칠레 원주민이자 주민이며, 칠레 주민은 일반적으로 평범한 코트나 한때 하류 사람의 복장이었던 팬터룬[27]을 입지 않았다고 말했다. 그러나 그것은 적절히 변형되어 세상에 어느 것 못지않게 멋지게 그들 지방의 옷이 되었다고 말했다. 여전히 알기 어려운 항해 내력과 창백한 얼굴에는, 스페인 사람의 복장과 어울리지 않는 어떤 것이 있는 듯했다. 그래서 그는 역병 시기에 런던 거리를 배회하던 병약한 궁중 신하의 이미지를 은연중 암시하는 듯했다.

문제가 된 위도를 고려해볼 때, 어떤 놀라움만 아니라 가장 큰 관심을 일으킨 이야기는, 이미 말한 오랜 기간 동안, 바다의 잔잔함과 더욱 특이하게 배가 그렇게 오랫동안 표류한 점이다. 물론 의견을 나누지 않고도, 미국인은 배가 갇힌 것은 최소한 미숙한 항해술과 잘못된 항해술 두 가지 때문이라고 생각하지 않을 수 없었다. 그는 돈 베니또의 작은 노란 손을 주시하면서 그 젊은 선장

---

27) 19세기의 홀태바지.

은 명령을 닻줄 구멍에서 내린 것이 아니라, 선실 창문에서 내렸다고 쉽게 추론했다. 만일 그렇다면 젊고 병약한 귀족적인 모습을 지니고 있는데, 왜 무능한 것인가?

그러나 그에 대해서 새롭게 동정심을 느낀 후, 비난을 동정으로 달래며 이야기를 끝까지 들은 데라노 선장은, 처음의 입장처럼, 그들의 즉각적인 신체적 필요 때문에, 베니또와 승무원들에게 공급되는 것을 확인했을 뿐만 아니라, 돛과 삭구와 오랜 기간 많은 양의 물 공급하는 데도 그를 더욱 돕겠다고 약속했다. 그리고 그런 일은 자신에게 적지 않은 어려움이 따를 것이지만, 그는 임시 갑판 장교를 위해, 최고 수병 중에서 세 명을 남길 것이고, 지체 없이 배가 컨셉션으로 항해할 수 있도록 해서, 그곳에서 배의 목적지인 리마로 가게 다시 조정할 것이라고 약속했다. 그런 관대함은 병자에게조차 효과가 없는 것은 아니었다. 그의 얼굴이 밝아졌다. 그리고 그는 열심히 방문객의 정직한 눈길을 바라보았다. 그는 감사와 함께 수긍하는 듯했다.

'이런 흥분은 선장에게 해롭습니다'라고 하인은 그의 팔을 붙들면서, 작은 소리로 말했다. 그리고 그는 달래는 듯한 말을 하며 그를 옆으로 끌었다.

미국인은 베니또 선장이 되돌아왔을 때, 그의 볼에 드러난 갑작스런 열기와 같은 희망은 단지 일시적인 것이라는 것을 알고 고통스러웠다.

주인은 곧 유쾌하지 않은 태도로 선미 쪽을 올려다보며, 손님을 그곳으로 동행하기를 청했다. 시원한 바람이 기분 좋은 감흥을 불러일으킬 수 있기 때문이었다.

그 이야기에 대하여 말하는 동안, 데라노 선장은 도끼를 닦는 사람들이 이따금씩 치는 심벌소리에 놀라, 왜 그처럼 시끄러운 소리가, 특히 배의 그와 같은 지역에서 병약한 사람들의 귀에 들려야 하는지 의아스러웠다. 더욱이 도끼는 결코 매력적인 형태를 지니지 않았다. 그리고 그들을 다루는 사람들은 더욱 그렇다. 그래서 사실은 데라노 선장이 주인의 초청을 분명 정중하게 받아들이기는 했지만, 그것은 마지못하거나 위축되기까지 하는 어떤 점이 숨겨 있었다. 적절치 않은 변덕스러운 부자유스러움과 창백한 모습에 나타난 고통으로 더욱 그렇게 된 베니또 선장은 매우 조심스럽게 인사를 하고, 손님이 그에 앞서, 위로 연결되는 사다리로 올라가기를 정중하게 권했다. 그곳 마지막 계단 양쪽에는 험악스럽게 두 줄을 이룬 문장(紋章)[28] 지지병과 초병 역할을 하는 사람들이 앉아 있었다. 매우 주의 깊고 마음씨 좋은 데라노 선장은 그들 사이로, 발을 딛고 마치 태형[29]을 받고 뛰어가는 사람처럼 그들을

---

28) 문장(紋章)은 국가나 단체 또는 집안 따위를 나타내기 위하여 사용하는 상징적인 표지.

뒤로 하자, 곧 장딴지에 심한 경련을 느꼈다.

그러나 얼굴을 뒤로 돌리자, 그는 거리의 많은 풍각쟁이30)들처럼 다른 일에는 관심을 갖지 않고, 어리석을 만큼 자신의 일에만 신경을 쓰는 모든 사람들을 보고, 자신이 최근에 고통스럽게 안달했던 것에 대해서 웃지 않을 수 없었다.

아래 갑판을 바라보면서, 주인과 함께 서 있는 동안, 그는 곧바로 앞서 암시된 그런 불복종의 한 예에 충격을 받았다. 두 명의 스페인 소년과 함께 세 명의 흑인 소년이 도끼 위에 앉아서 적은 양의 음식을 조금 전에 요리하는 데 사용한 조악한 나무접시를 문지르고 있었다. 갑자기 백인 소년의 말에 약이 오른, 한 흑인 소년이 칼을 잡고, 뱃밥을 만드는 사람 중의 한 사람이 참으라고 했지만, 백인 소년의 머리를 내리쳤다. 그래서 머리가 찢어져 피가 흘렀다.

놀라서, 데라노 선장은 그에 대한 이유를 물었다. 이 때문에 창백해진 베니또 선장은 둔감하게 말을 더듬으며, 그것은 순진한 아이들의 장난이었다고 말했다.

'정말로 아주 심한 장난이군요', '그런 일이 *배챌러스 디라이트* 호에서 일어났다면, 즉각 처벌되었을 것입니다'라고 데라노 선장

---

29) 형 가운데 죄인을 작은 형장으로 볼기를 치던 형벌.

30) 시장이나 집을 돌아다니면서 노래를 부르거나 악기를 연주하며 돈을 얻으러 다니는 사람.

이 대답했다.

이 말에 스페인 사람은 갑자기 정신이 반은 나간 모습을 보였다. 그리고 무감한 상태로 '선생님, 의심할 바 없지요, 의심할 바 없습니다'라고 대답했다.

데라노 선장은 이 불행한 사람은 힘으로 역누를 수 없는 것을, 정략적으로 눈감아주는 자신이 알아온 허깨비 선장의 하나일 것이라고 생각했다. 내가 알기로, 명목상의 명령권만을 지닌 선장을 보는 것보다 슬픈 일은 없다.

그는 소년들을 말리려 했던 뱃밥을 만드는 사람들 쪽을 바라보면서, '돈 베니또 당신은 모든 흑인이 일을 하게 하는 것, 특히 젊은 흑인 소년들을 아무리 쓸모가 없는 일일지라도, 배에서 일어나는 어떤 문제든지, 일을 하도록 하는 것이 좋을 것이라고 생각합니다. 적은 무리에 있어서도, 그런 과정은 어쩔 수 없다는 것을 저는 알고 있습니다. 나는 우리가 바람 앞에서 무기력하게 될 수밖에 없는 심한 돌풍 때문에, 속도가 떨어져서 삼 일 동안, 나의 배-매트, 승무원 그리고 모든 것-를 포기한 후에도, 한때는 후갑판에서 한 승무원이 선실 매트를 털게 했지요'라고 말했다.

'의심할 바 없지요. 의심할 바 없습니다'라고 돈 베니또가 말했다.

데라노 선장은 뱃밥을 만드는 사람들을 보고, 가까이서 도끼를 닦는 사람들을 다시 바라보면서 '그러나' '당신은 무리 중에서, 최소한 몇 사람만을 고용하신 것을 알고 있습니다'라고 말을 계속했다.

'그래요'라고 다시 힘없이 대답했다.

'저기 설교단에서 머리를 흔드는 저 나이가 든 사람들은 다른 사람들에게 늙은 목사의 역할을 하는 듯하지만, 충고는 때때로 주의를 끌지 못하는군요' '돈 베니또, 이것은 그들 편에서 자발적인 것인가요, 혹은 당신이 그들을 검은 양 무리에 양치기로 지정하신 것인가요?'라고 데라노 선장은 뱃밥을 만드는 사람들을 가리키며 말을 계속했다.

'그들이 채우고 있는 모든 자리는 내가 지명했습니다'라고 스페인 사람은 어떤 추측된 냉소적인 생각에 분개한 듯이 냉정한 투로 말했다.

'그리고 이 사람들과 여기 아샨티[31]들은 호기심 있는 일을 하는 듯하군요. 돈 베니또?'라며 데라노 선장은 때때로 반짝이도록 도끼를 닦는 사람들이 휘두르는 쇠를 다소 불안하게 바라보며 말을 이어갔다.

'우리가 돌풍을 만났을 때, 배 밖으로 내던지지 않은 모든 짐은 소금물로 큰 손해를 입었습니다. 잔잔한 날씨 때문에, 나는 도끼

---

31) 아샨티 족은 가나 남부 지역과 토고, 코트디부아르에 사는 부족으로 현재 약 150만 명이 살고 있다. 언어는 트위어 또는 영어이고, 종교는 이슬람교 또는 크리스트교이다.

와 몇 자루의 칼집을 분해하고 청소를 하기 위해서 그들을 가져오
라고 했습니다'라고 스페인 사람은 대답했다.

'돈 베니또, 신중한 생각이시군요. 당신은 배와 짐을 책임진 주
인이라고 생각합니다만, 아마 노예에 대해서는 그렇지 않지요?'라
고 말했다.

'나는 나의 죽은 친구인 알렉산드로 아란다에게 속한 흑인들의
중요한 친구들을 제외하고, 당신이 보시는 모든 것의 주인입니다'
라고 돈 베니또는 짜증스럽게 대답했다.

그가 이 이름을 말했을 때, 그의 기분이 상했다. 그의 무릎이
떨렸다. 그의 하인이 그를 부축했다. 그는 그가 그런 특이한 감정
을 일으키게 했다고 생각하면서, 그의 추측을 확인하기 위해서,
데라노 선장은 잠시 쉰 후, '베니또씨, 조금 전, 당신이 몇 승무원
들에 대해 이야기했으니 말이지만, 그의 죽음이 당신에게 그렇게
나 고통을 준 친구는 항해 시작부터 흑인들을 동행했는지 물어도
될까요'라고 말했다.

'예'

'그러나 열병으로 죽었지요?'

'열병으로 죽었습니다. 아 저로는 단지 –'

다시 떨면서 스페인 사람은 말을 멈추었다.

'저를 용서하세요.' '그러나, 동정해본 경험으로, 베니또씨, 무엇

이 당신의 슬픔을 그렇게 고통스럽게 하는지를 생각해봅니다. 바다에서 나의 사랑하는 친구, 나의 형제 그리고 나의 화물 관리인을 잃는다는 것은 한때 힘든 운명이었습니다. 그의 영혼의 축복을 확신한 나는, 어떤 사람과 마찬가지로 그의 혼이 떠나는 것은 견딜 수 있었을 것입니다. 그러나 내가 자주 만났던 그 정직한 눈과 정직한 손, 그리고 따스한 마음, 하나 없이 모든 것은 개에게 주어진 음식처럼 상어에게 모두 던져졌습니다. 내가 사랑한 어떤 사람이 죽을 경우에, 그를 해안에 매장하기 위해서, 그의 시체를 방부 처리할 모든 필수품을 그가 모르게 마련하지 않았다면, 나는 그를 항해 동료로 결코 삼지 않을 것이라고 당시 맹세했습니다. 베니또 선장님, 당신 친구의 시신이 현재 이 배 위에 있다고 할지라도, 그의 이름을 말하는 것은 당신에게 이상한 영향을 주지는 않겠지요'라고 데라노 선장은 낮은 소리로 말했다.

'이 배 위에?'라고 스페인 사람이 말을 되받아쳤다. 그때 그는 어떤 망령을 직접 대하는 것처럼, 두려운 몸짓으로 하인의 준비된 팔에 무의식적으로 쓰러졌다. 하인은 데라노 선장에게 말없이 호소하듯, 다시는 주인에게 말할 수 없는 고통을 주는 그런 화제를 끄집어내지 말기를 간청하는 듯했다.

고통을 받은 미국인은 이 불행한 사람은 폐가[32]가 귀신을 연상시키듯이, 버려진 어떤 사람의 시체가 도깨비를 연상시키는 그런 슬픈 미신의 희생자라고 생각했다. 우리는 얼마나 다르게 태어났는가! 비슷한 경우에, 내게는 진지한 만족으로 단순한 암시였을 것이, 스페인 사람을 이처럼 끔찍한 상태에 빠뜨리는구나. 불쌍한 알렉산드로 아란다! 이전의 항해 중에, 당신이 몇 달 동안 뒤에 남겨졌을 때, 당신을 잠깐만이라도 보기를 아마 진정으로 자주 갈망해온 친구가 당신이 그와 가까이 있다는 생각만으로도, 공포에 질려 죽음 직전에 있는 모습을 본다면 당신은 그에게 무엇라고 말하시겠습니까.

이 순간 금이 갔음을 드러내는 교회의 황량한 종소리와 함께, 반백의 뱃밥을 만드는 사람들이 친 선수루의 종소리가 납처럼 깊은 정적 속에서 열 시를 알렸다. 이때 데라노 선장의 눈은 밑에 있는 많은 무리로부터 고가 선미로 향하는 키가 큰 흑인의 움직임에 이끌렸다. 목에는 쇠목걸이가 감겨 있었고, 목으로부터 쇠사슬이 몸을 세 바퀴를 감고 있었다. 그리고 그 끝 연결고리는 그의 허리띠인 넓적한 쇠 부분에서 자물쇠로 채워 있었다.

'아뚜팔이 움직이는 모습은 정말 벙어리와 같군'이라며 하인이 중얼거렸다.

흑인은 선미 계단으로 올라갔다. 그리고 그는 선고를 받기 위해

---

32) 버려두어 낡아 빠진 집.

서 소환된 용감한 죄수처럼, 졸도 상태에서 회복한 돈 베니또 앞에 두려워하지 않는 자세로 침묵을 지키며 서 있었다.

베니또는 그가 접근하는 것을 처음으로 힐끔 보고, 놀라며 분개에 찬 그림자가 그의 얼굴을 덮었다. 쓸데없는 분노에 대한 기억 때문인 듯, 그의 흰 입술은 달라붙었다.

찬탄의 감정이 없는 것도 아닌 상태에서, 커다란 흑인 모습을 살피던 데라노 선장은 이 사람은 어떤 고집이 센 반란자라고 생각했다.

'저, 주인님, 그가 질문을 기다리고 있습니다'라고 하인이 말했다.

그래서 정신을 가다듬은 돈 베니또는 마치 미리 예상하고 어떤 반항적인 대답을 피하려는 듯, 그의 시선을 신경질적으로 피하며 당황한 목소리로 이렇게 말했다.

'아뚜팔, 이제 내게 용서를 구하겠는가?'

흑인은 잠자코 있었다.

하인은 '주인님, 다시' '주인님, 다시, 그는 이제 주인님에게 굴복할 것입니다'라고 지독히 비난하는 말로 그 나라 사람을 주시하면서 말했다.

'대답해,' '용서해달라는 한마디만 해, 그러면 사슬이 풀릴 거야'라고 돈 베니또가 여전히 그의 눈길을 피하면서 말했다.

이에 대해 천천히 양팔을 들어 올리던 흑인은 팔을 힘없이 내려, 연결고리가 부딪쳤고, 머리를 숙임으로써, 이는 마치 '아닙니다. 저는 만족합니다'라고 말하는 듯했다.

'가거라'라고 베니또 선장은 감추어진 알 수 없는 감정으로 말을 했다. 조심스럽게 왔던 것처럼, 흑인은 복종하여 그렇게 물러났다.

'미안합니다. 돈 베니또' '그러나 이 장면은 놀랍군요. 정말, 제발, 무슨 의미지요?'라고 데라노 선장이 말했다.

'그것은 부하들 중에서, 그 흑인만이 나에게 특이하게 내 감정을 상하게 해서 그를 쇠사슬에 묶어 놓았습니다. 나는─'

여기에서 그는 말을 멈추었다. 현기증이 나거나 혹은 기억에 어떤 어려운 상황이 생긴 듯이 그는 손을 머리에 댔다. 그러나 하인의 친절한 눈길을 만나 안심한 듯이, 그는 말을 이었다.

'저는 그런 사람을 응징할 수 없었습니다. 그러나 나는 그가 나의 용서를 구해야 한다고 그에게 말했습니다. 그러나 그는 하지 않았습니다. 그는 내 명령에 따라서, 두 시간마다, 제 앞에 서 있는 것입니다.'

'그러면 이 일은 얼마나 오래되었지요?'

'약 육십 일입니다.'

'그러면 그 밖에 다른 것은? 존경심은 있나요?'

'예'

'맹세코, 그러면' '이 사람, 그는 내면에 왕족의 영혼을 지닌 사람이군요'라고 데라노 선장이 충동적으로 외쳤다. '그는 그것에 내한 권리가 있을 수 있습니다.' '그는 자신의 나라에서는 왕이었습니다'라고 돈 베니또가 씁쓸히 대꾸했다.

'예' '아뚜팔의 귀에 그런 구멍에는 한때는 금으로 된 쐐기가 걸려 있었지요. 그러나 그의 나라에 살던 여기에 이 불쌍한 바보는 단지 불쌍한 노예였습니다. 흑인 노예이었던 바보는 이제 백인의 노예입니다'라고 한마디 했다.

스스럼없는 대화로 다소 난처해진 데라노 선장은 호기심 있게 하인에게 몸을 향하고, 그리고는 그의 주인에게 질문을 하는 듯한 눈길을 보냈다. 그러나 이런 사소한 비공식적인 것에 오래 익숙해진 듯이, 주인이나 하인 모두 그를 이해하지 못하는 듯했다.

'진정, 아뚜팔의 잘못은 무엇이었지요?' '만일 그것이 아주 중요한 어떤 일이 아니라면, 어리석은 사람의 충고를 받아주세요. 그의 충성심에 대한 자연스러운 존경뿐만 아니라, 전반적인 순종의 관점에서 그의 벌을 용서해주시지요'라고 데라노 선장이 청했다.

'안 됩니다, 안 돼요, 주인님께서는 결코 그렇게 하시지 않을 것입니다. 자존심 있는 아뚜팔이 먼저 주인님의 용서를 구해야 합니다. 저기 노예는 자물쇠를 가지고 다니지만, 여기 계신 주인님은 열쇠를 가지고 계십니다'라고 하인이 혼잣말로 중얼거렸다.

관심의 방향이 그렇게 잡혀져서, 데라노 선장은 처음으로 돈 베니또 선장의 목에 가느다란 비단 줄로 매달린 열쇠를 보았다. 즉시 하인의 더듬는 말 때문에, 열쇠의 목적을 미리 알아차린 그는 미소를 지으며, '그렇군요, 돈 베니또 — 자물쇠와 열쇠 — 정말, 의미 있는 상징입니다'라고 말했다.

돈 베니또는 입술을 깨물며 비틀거렸다.

풍자나 냉소에 무능할 만큼 자연스러운 단순한 성격을 지닌 데라노 선장의 말은 스페인 선장이 흑인에 대하여 특이하게 보여준 지배권에 대하여 일종의 농담 섞인 암시로 전해졌었다. 그러나 우울증 환자는 어떤 점에서, 그것을 지금까지 좌절을 안겨주고, 적어도, 노예의 확고한 의지에 대한 기억, 즉 구두의 항복 권고에 드러난 무능함에 대한 나쁜 기억으로 받아들이고 있었던 듯했다. 데라노 선장은 이같이 생각해서, 그가 잘못 인식하고 있는 것을 안타까워하며, 그것을 고칠 수 없다고 생각하고 화제를 돌렸다. 그러나 그는 동료가 앞서 언급한 주제넘은 추정 부분을 더욱 불쾌하게 이해한 듯이, 전보다 더욱 움츠린 것을 알았다. 그래서 이윽고, 데라노 선장은 침울하고 민감한 스페인 사람의 은밀한 보복인 듯한 것 때문에, 자신의 의지에 반해 마음이 위축되어 더욱 말을 하지 않았다. 그러나 아주 반대의 성품인 착한 수부는 그의 분노의 감정을 억누르듯이 겉으로도 억눌렀다. 만일 그가 잠자코 있었다면, 그것은 단지 감정이 전이가 되어 그런 것이었다.

하인의 부축을 받은 스페인 사람은 기분 나쁜 변덕을 꽤 느낄 수 있는 걸음걸이로 손님을 무례하다 싶게 지나쳤다. 그러자 곧 주인과 하인은 높게 가로지른 채광창 모서리 주변에서, 머뭇거리며 낮은 소리로 속삭이기 시작했다. 이는 불쾌한 일이었다. 더욱이 이따금 몸이 약해서 침묵을 지키는 듯한 스페인 사람의 침울한 기분은 전혀 위엄이 없는 듯했다. 한편, 하인의 광적인 태도에 가까운 친밀함은 소박한 마음에서 나오는 애정의 본질적인 매력을 잃었다.

당황해서 방문객은 얼굴을 배의 반대쪽으로 돌렸다. 그렇게 해서, 그의 시선은 우연히 손에 밧줄 타래를 들고 갑판에서 뒷돛대 삭구의 첫 번째 가로장으로 방금 내려온 젊은 스페인 수부에게 멎었다. 아마 그 사람이 활대에 오르는 도중, 은밀히 데라노 선장을 주시하지 않았다면, 그 사람은 특별히 눈에 띄지는 않았을 것이다. 그런데 그의 눈은 자연스럽게 이어진 과정처럼 그로부터 곧 속삭이는 두 사람에게 향했다.

그래서 자신의 시선을 다시 그 갑판 쪽으로 돌린 데라노 선장은 약간 놀랐다. 바로 그때 돈 베니또의 태도의 어떤 점으로 미루어, 방문자가 그들이 최소한 부분적으로 진행하다 그만둔 이야기의 주제이었던 듯했다. 그것은 주인에게 아부하는 것이 아닌 것처럼, 손님의 마음에 들지도 않는 어떤 추측인 듯했다.

스페인 선장에게 예의 바름이나 교육을 잘못 받은 듯한 점이 특이하게 교차하는 것은 두 가지 추측, 즉 순진한 정신이상자나 혹은 사악한 사기꾼 중에 하나라는 가정을 제외하고는 설명할 수 없었다.

그러나 첫 번째 생각은 비록 그것이 무관심한 관찰자에게 자연스럽게 떠올랐고, 어떤 점에서 지금까지 데라노 선장의 마음에 완전히 낯선 사람은 아니었지만, 이상한 사람의 행동을 의도적인 뻔뻔스런 어떤 것으로 초기의 방식으로 생각하기 시작하자, 그가 정신이상이라는 생각은 사실상 없어졌다. 그러나 만일 정신이상이 아니라면 무엇인가? 그 상황에서 어떤 신사, 아니 정직한 시골사람이라면, 그가 그 선장이 행하는 그런 역할을 지금 할 수 있을 것인가? 그 사람은 사기꾼이었다. 어떤 천한 태생의 해양 귀족으로 가장하지만, 당장 눈에 띄게 정중하지 못함을 드러낼 정도로, 간단한 신사도의 첫째 요건도 모르는 모험꾼이다. 또한 다른 경우에 드러난 이상한 태도는, 자신의 실제 수준 이상의 역할을 하는 사람의 특징인 듯했다. 베니또 쎄레노 - 돈 데라노 - 두루 알려진 이름이다. 그의 이름은 또한 모든 지방에서 널리 가장 왕성하게 큰 상업을 하는 가문 중의 하나에 속하듯이, 그의 성은 스페인 마인[33]과 무역을 하는 바다 선장들이나 화물관리인들에게 알려져 있다. 그의 성을 지닌 몇몇 사람들은 남미의 모든 거대 무역도시에 귀족 형제, 즉 친척과 함께 일종의 카스티야 로스차일드[34]의 칭호를

---

33) 남미 북안(北岸) 지방(특히 파나마 지협에서 Orinoco 하구(河口) 사이의 지역).
34) 카스티야의 세계적으로 유명한 유대계 금융 자본가.

갖고 있다. 이야기한 돈 베니또는 약 이십구 세나 삼십 세의 성년 초반기이었다. 그런 해상 집안의 떠돌이 사관 신분이라고 가정한다면, 재능과 기풍이 있는 젊은 악한의 진정한 있음직한 음모는 무엇인가? 그러나 스페인 사람은 병약한 환자였다. 걱정하지 말아라. 협잡꾼들의 교묘함은 감염되는 치명적인 병으로까지 달성되었다. 그것을 생각해보면, 어떤 환자의 병약한 측면에는 가장 야만적인 힘이 웅크려 있을 수 있다. 그러한 우단과 같은 스페인 사람이지만, 악에 대하여서는 비단 같은 발톱.

이런 환상들은 일련의 생각으로부터 나오지 않았다. 내부에서가 아니라 외부로부터, 또한, 갑자기 흰 서릿발처럼 무리를 지어 왔다. 그러나 그것은 데라노 선장의 착하고 온화한 마음의 열정이 절정을 이루자 곧 사라졌다.

그는 다시 주인 쪽을 한번 바라보며 – 채광창 위로 드러난 그의 옆모습이 그를 향했는데 – 그의 옆모습에 감탄했다. 그의 뚜렷한 옆모습의 윤곽은 수염으로 턱 부분이 고상하게 된 것처럼, 건강이 좋지 않아 생기는 가냘픔으로 품위가 있었다. 그는 스페인의 진정한 하급 귀족 쎄레노의 진정한 후손이었다.

이런 생각과 다른 좋은 생각으로 안도하며, 이제 가볍게 흥얼거리는 방문객은, 돈 베니또에게 이중성은 말할 것도 없고, 무례함을 불신한다는 것을 보여주지 않기 위해서 선미를 무심히 걷기 시작했다. 비록 그 사건으로 현재 그런 불신을 불러일으켰던 상황은 설명되지 않은 채, 여전히 남아 있다고 할지라도, 불신은 환상이 될 것이기 때문이다. 그러나 데라노 선장은 그런 신비가 사라지지 않았을 때, 베니또 쎄레노가 자신이 그 같은 관대하지 못한 추측에 빠져 있었다는 것을 알아차린다면, 그는 그것을 매우 유감스러워할 것이라고 생각했다. 간단히 말해서, 스페인 사람의 불행한 이야기에 대해서는 잠시 열린 끝을 남겨두는 것이 최상이었다.

곧 스페인 사람은 창백한 얼굴을 실룩거리고 수심에 잠긴 채, 여전히 하인의 부축을 받으며 손님 쪽으로 움직였다. 그때 평소보다 훨씬 당황하고 쉰 듯한 소곤거리며, 이상한 음모를 꾸미는 듯한 어조로 다음과 같은 대화를 시작했다. '선장님, 얼마나 오랫동안 이 섬에 정박하실지 물어도 될까요?'

'아, 단지 하루 내지 이틀, 돈 베니또'

'그리고 마지막으로 어느 항구에서 오셨지요?'

'캔톤'

'그리고 그곳에서 선장님, 표범 가죽을 차와 비단으로 교환했다고 선생님이 말씀하신 것으로 생각하는데?'

'그래요, 대부분 비단이지요.'

'그리고 거스름돈은 정화35)로 받으셨군요?'

데라노 선장은 약간 안달하며 – '아, – 예, 얼마는 은화로 받았어요. 하지만 큰 문제는 아니지요. 선장님?'하고 대답했다.

'아 – 자, 선장님, 몇 명의 승무원이 승선했는지 물어봐도 될까요?'

데라노 선장은 약간 놀랐지만, 대답했다 – .

'모두 약 이십오 명이지요.'

'제 생각으로 선장님, 현재 모두 배에 있지요?'

'모두 탔습니다, 돈 베니또'라고 데라노 선장이 이제 만족해서 대답했다.

'선장님, 오늘 밤에도 묵으실 건가요?'

그렇게 많은 끈질긴 질문에 이어, 이 마지막 질문에서, 데라노 선장은 질문자를 진지하게 바라보지 않을 수 없었다. 질문자는 눈길을 마주치는 대신에, 아주 패배한 듯한 불안한 감정을 보이며 갑판을 응시했다. 그런데 그것은 풀린 구두끈을 조이며, 순간 발아래 무릎을 꿇고 있는 하인과 대조를 이루었다. 단순한 호기심을 띠고 해방된 듯한 하인의 얼굴은 주인의 풀죽은 얼굴을 올려보았다.

여전히 죄책감으로 말을 늘어뜨리는 스페인 사람은 질문을 되풀이했다.

'그리고 – 선장님, 오늘밤에 계실 건가요?'

'예, 제가 알고 있는 한' – '그러나, 아닙니다.' '어느 승무원이

---

35) 명목 가치와 소재 가치가 같은 본위 화폐. 금 본위국에서는 금화, 은 본위국에서는 은화 따위를 이르며, 환시세에 상관없이 국제적인 평가로서 유통된다.

한밤에 다른 고기잡이 일원으로 가는 것에 대해 말했습니다’라고
대담한 진실을 드러내며 대답했다.

‘선장님, 당신의 배는 일반적으로 – 많든 적든 – 무장을 한다고
저는 믿고 있습니다.’

‘아, 비상시에 이 내지 육 파운드의 포’ ‘당신이 알다시피, 일종
의 작은 소총 개머리판과 바다표범잡이 창과 단도를 함께’라고 용
감히 무심하게 대답했다.

그렇게 대답하고 데라노 선장은 베니또 선장을 다시 쳐다보았
지만, 후자의 시선은 다른 곳을 향하고 있었다. 그는 갑자기 어색
하게 주제를 바꾸면서, 바다의 잔잔함에 대해서 넌지시 암시를 했
다. 그 후에 그는 간다는 말도 없이, 다시 하인과 함께 반대편 현
장으로 가서 다시 속삭이기 시작했다.

이 순간과 데라노 선장이 방금 지난 일을 냉정하게 생각해 볼
수 있기 전에, 이전에 말한 젊은 스페인 수부가 삭구 장비가 있는
곳으로부터 내려가는 것이 목격되었다. 그가 갑판 안으로 뛰기 위
해 몸을 구부렸을 때, 그의 크고 몸에 맞지 않는 조잡한, 모직으
로 타르가 점점이 흠뻑 박힌 셔츠가, 슬프게도 빛이 바래고 낡고
좁은 푸른 리본과 함께 목 주위가 찢어진 가느다란 리넨으로 된
듯한 때 묻은 속옷을 보이며, 가슴 밑을 드러냈다. 이 순간 그 젊
은 수부의 눈은 다시 속삭이는 사람들에게 향했다. 데라노 선장은

마치 어떤 비밀 사회 구성원의 침묵 신호가 그 순간에 교환되었넌 것처럼, 그가 그 상황에 숨긴 어떤 의미를 알아차렸다고 생각했다.

이 때문에 그의 눈길이 다시 돈 베니또 선장 쪽을 향했다. 그리고 그는 전처럼 자신이 이야기의 주제가 되었다고 생각하지 않을 수 없었다. 그는 잠시 멈췄다. 도끼를 닦는 소리가 그의 귀에 들렸다. 그는 재빨리 두 사람에게 다시 곁눈질을 보냈다. 그들은 공모자의 태도를 지녔다. 그들의 최근 질문과 젊은 수부의 사건과 관련해서, 이런 일들은 무의식적으로 의심을 다시 불러일으켰기 때문에, 특이하게 죄의식이 없는 미국인은 의심으로 견딜 수가 없었다. 명랑하고 익살스러운 표정을 띠고, 그는 재빨리 두 사람에게 다가가 '하, 돈 베니또, 여기에 흑인에 대한 신뢰가 대단하신 듯합니다. 내밀한 상담자이군요'라고 말했다.

이에 대해 하인은 마음씨 좋은 씩 웃는 웃음을 지으며 위를 올려보았다. 그러나 주인은 독사의 독에 물린 듯이 놀랐다. 스페인 사람이 완전히 정신을 차려 대답한 것은, 조금 시간이 지나서였다. 마침내 그는 정신을 차리고 긴장하며 - '예, 선장님, 저는 바보를 신뢰합니다'라고 대답했다.

여기서 바보는 앞서의 단순한 동물적인 익살 섞인 웃음을 지적인 웃음을 띤 모습으로 바꾸며, 감사한 듯한 태도로 주인을 바라보았다.

데라노 선장은 그가 가까이 있는 것이, 그 순간 불편하다는 암시를 무의식적으로든 혹은 의도적으로든 나타내려는 듯이, 스페인 사람이 침묵을 지키고 말없이 서 있는 것을 알고서 무례하거나, 무례하게 보이기를 싫어하여, 의미 없는 말을 남기고 자리를 떠났다. 그는 되풀이해서, 마음속으로 돈 베니또 쩨레노 선장의 행동을 새겨 보았다.

그는 선미에서 아래로 내려갔다. 생각에 잠긴 채, 그가 조종실로 내려가는 어두운 출구 가까이를 지나고 있었을 때, 그곳에서 움직이는 어떤 것을 감지하고 그것을 보려고 바라보았다. 그 순간 어두운 출구에서 불꽃이 튀었다. 그는 그곳에서 서성이며, 마치 어떤 것을 감추듯이 손을 옷가슴 속에 황급히 갖다 넣는 스페인 수부 중의 한 사람을 보았다. 지나는 것이 누구였는지를 확인할 수 있기 전에, 그는 아래로 살금살금 걸어가서 보이지 않았다. 그러나 그가 완전히 보이자, 그는 삭구에서 전에 목격했던 바로 그 젊은이였다는 것을 확인할 수 있었다.

데라노 선장은 그렇게 불꽃을 튀긴 것이 무엇이었는지를 생각했다. 그것은 램프도 - 성냥도 - 타는 석탄도 아니었다. 그것은 보석이었을까? 그러나 어떻게 선원들이 보석을 구할 수 있을까 - 비단으로 된 내의였나? 그는 죽은 승무원의 트렁크를 강탈한 것인가? 그러나 그렇다면, 이곳 갑판에서 훔친 물건을 입지는 않을 텐데.

아, 아, 현재 그것이 정말로, 그 이후에 잠시 동안, 의심스러운 녀석과 선장 사이를 지나는 내가 본 은밀한 신호라면, 그리고 불안감 속에서 나의 감각이 나를 속이지 않는 것을 내가 확신할 수 있다면, 그렇다면-.

여기에서 하나의 의심이 다른 의심스러운 일로 이어지며, 그의 마음은 그의 배에 관해 자신에게 주어진 이상한 질문을 생각해보았다.

이상하게 우연히, 하나하나의 일이 떠올랐을 때, 아샨티의 검은 마술사가 낯선 백인의 생각에 대한 불길함 때문에서인 듯, 도끼를 부딪치며 소리를 질렀다. 그러한 수수께끼와 불길한 조짐으로 기분이 눌린 상태에서, 전혀 불신이 없는 마음에조차, 어떤 추한 오해가 불현듯 나타나지 않았다면, 그것은 본성에 반하는 것이나 다름없었을 것이다.

현재 무기력하게 파도의 흐름에 빠져, 마술에 걸린 돛과 함께, 바다를 향해 더욱 빠르게 표류하는 배를 보기도 하고, 조금 전에 차단되었던 육지의 돌출부로부터 바다표범잡이 배가 보이지 않게 된 것을 주시하며, 건강한 수부는 자신에게 거의 고백할 수 없던 생각을 하기 시작했다. 그는 무엇보다 무서운 유령과 같은 돈 베니또에 대해 두려움을 느끼기 시작했다. 그러나 그가 정신을 차려 가슴을 넓히고, 다리에 힘을 주며 냉정하게 그것을 생각했을 때, 이 모든 환영은 무엇인가?

만일 스페인 사람이 불길한 계획을 가지고 있다면, 그것은 그(데라노 선장)에게 관련해서라기보다, 그의 배(*배챌러스 디라이트호*)에 관한 것임에 틀림이 없다. 그러므로, 그 같은 어떤 있음직한 음모를 유리하게 하는 대신, 한 척의 배가 다른 배로부터 떨어져, 현재 표류하는 것은, 적어도, 당분간, 그것과 반대되는 것이었다. 분명 그런 모순을 결합시키는 의심은 진정 잘못된 것이 틀림없다. 게다가, 곤경에 처한 배 - 병으로 거의 모든 승무원을 내리게 한 배 - 선원들이 물 때문에 죽게 된 배가 현재처럼 해적의 성격을 띠고 있거나, 자신이든지 혹은 하급 부하들을 위해서이든지, 빠른 구원이나 재충전 이외에 어떤 욕망을 간직하고 있는 것은 천만부당한 일이 아닌가? 그러나 그 경우는 전체적인 고통이나, 특히 갈증을 겪는 척하지는 않을 것이지 않은가? 완전히 죽어 없어졌다고 이야기된, 죽지 않은 동료 스페인 승무원들이 바로 그 순간, 물자 저장소에 숨어 있을지도 모르지 않는가? 냉수 한 컵을 마신다는 기분 상한 핑계를 대고, 인간 형태를 한 악마들은 외로운 거처로 물러가 어두운 행위를 했다. 그리고 말레이시아 해적 중에는, 배를 쫓아서 그들을 악명 높은 항구로 유인하거나 혹은 갑판 밑에는 매트로 그들을 밀어 올릴 준비가 된 끔찍한 무기를 지닌 100명의 창잡이들을 배회케 해서, 갑판에 사람이 거의 타고 있지 않거나, 비어 있는 모습으로써, 공해상의 공공연한 적선(敵船)에 승선한 사람을 유인하는 것은 특이한 일도 아니었다. 데라노 선장은 그런 것들을 전적으로 믿지는 않았다. 그는 그들에 대해 이야기를 들었는데, 이야기처럼 그것이 지금 다시 마음에 떠올랐다. 현재 배의 목적은 정박하는 것이다. 그때, 배는 그의 배에 접근할 것이다. 그 같은 접근이 이루어지자, *산 도미니크*호는 휴화산처럼 지금은 감추어진 힘을 갑자기 방출할지 모른다.

그는 그의 이야기를 하면서, 스페인 사람의 태도를 생각해보았다. 그것에는 어떤 음산한 주저와 구실이 있었다. 그것은 그가 생각하듯이, 사악한 목적을 위하여, 이야기를 꾸미는 사람의 바로 그런 태도였다. 그러나 만일 이야기가 사실이 아니라면, 진실은 무엇일까? 그 배가 불법으로 스페인 사람의 소유가 되었는가? 그러나 많은 세부적인 일 중에서, 특히, 수부들 사이에 죽음, 계속된 역풍 속의 항해, 지독하게 잔잔한 파도로 겪은 과거의 고통, 여전히 계속되는 갈증의 고통과 같은 심한 재앙과 관련해서, 이 모든 점에서, 다른 것과 마찬가지로, 돈 베니또 선장의 이야기는 흑인과 백인의 구분할 수 없는 무리들의 울부짖는 외침을 확인시켰을 뿐만 아니라, 데라노 선장이 본 모든 사람들의 놀이나 표정으로 미루어 그런 것을 꾸미는 것은 불가능하다는 점을 증명했다. 만일 돈 베니또의 이야기가 철저히 꾸며진 것이라면, 그때는 배에 탄 모든 사람들, 가장 어린 흑인아이까지 음모에 주의 깊게 훈련되어 뽑힌 것이다. 믿을 수 없는 추론이다. 그러나 그의 진실성을 불신하는 근거가 있다면, 그 추론은 합법적인 것이다.

그러나 스페인 사람의 그런 질문들. 진정 그 점에서는 누구라도 잠시 멈출 것이다. 질문은 강도나 살인자가 낮에 집의 벽을 정찰하는 것과 똑같은 목적인 듯하지 않은가? 그러나 나쁜 목적을 가지고, 위험에 처한 중요한 사람에게 공공연히 그런 정보를 구해서, 사실상, 그가 경계심을 갖게 하는 것은 얼마나 있음직하지 않은 일인가? 그런 질문이 사악한 의도로 되었다고, 가정하는 것은 터무니없는 일이다. 그러므로 이런 예로 놀라움을 일으켰던 행동은 놀라움을 쫓아내는 데도 똑같이 이용되었다. 간단히 말해서, 당시 아무리 분명하고 합리적이었다고 할지라도, 분명 같은 이유로, 지금은 분명치 않은 희미한 의심이나 불안은 없어졌다.

마침내 그는 앞서의 생각에 대해서 웃기 시작했다. 그리고 이런 점에서, 말하자면, 예감과 함께 빠져나간 이상한 배에 대해서 웃기 시작했다. 그리고 이상해 보이는 흑인들, 특히 낡은 가위를 가는 사람들과 아샨티들에 대해서 웃기 시작했다. 침대에 있는 늙은 뜨개질을 하는 여성들과 뱃밥을 만드는 사람들, 그리고 모든 것 중에서 주요 도깨비인 음산한 스페인 사람 자신에 대해서 주로 웃었다.

나머지, 진지한 면에서, 불가사의한 듯한 것은 무엇이든, 불쌍한 병약자는 대부분 목적 없이 혹은 분별없이, 한가한 질문을 하든지,

검은 독사의 음산한 상태로든지, 그 자신이 무엇을 하는지를 거의 알지 못하고 있다는 생각으로 기분 좋게 설명되었다. 분명히, 현재, 그 사람이 그 배와 함께 불신을 받는 것은 적절치 않다. 그가 명령권을 철회하며, 어떤 호의적인 청을 할 때, 데라노 선장은 훌륭한 항해사 자격이 있는 사람인 2등 항해사를 책임지어 그 배를 컨셉션으로 보내야 한다. 그 계획이 *산 도미니크*호에게 거의 편리하지 않듯이, 돈 베니또에게도 편리한 것은 아니다. 선실을 전부 차지하며, 하인의 훌륭한 간호 아래 모든 걱정으로부터 벗어난 병든 사람은 항해 끝 무렵에는 건강이 상당히 회복이 될 것이고, 또한 권위도 되찾을 것이기 때문이다.

그것이 미국인의 생각이었다. 생각이 평온해지고 있었다. 데라노 선장의 운명을 불길하게 예언하는 베니또의 생각과, 데라노 선장이 돈 베니또 선장의 운명을 가볍게 생각하는 것에는 차이가 있다. 그럼에도 불구하고, 선량한 수부가 지금 멀리서, 그의 구명용 보트를 알아보는 것은 일종의 안도감이 없는 것도 아니었다. 그 배가 오래 보이지 않은 것은 목적지가 계속적으로 후퇴해서 귀환 항해가 길어졌기 때문만이 아니라, 바다표범잡이 배 편에서는 배가 예상치 못하게 지체되었기 때문이었다.

흑인들은 앞으로 가고 있는 작은 물체를 목격했다. 그들의 외침이 베니또의 주의를 끌었다. 그는 공급이 일시적이고 적다고 할지라도, 분명 필요한 것이었기 때문에 공급물이 오는 것에 대한 답례로, 데라노 선장에게 접근하면서 만족을 표했다.

데라노 선장은 답했지만, 그렇게 하는 동안, 아래 갑판 위를 지나는 어떤 것에 관심이 끌렸다. 그는 다가오는 배를 걱정스럽게 주시하면서, 육지로 향한 현장을 오르는 무리 중에서, 한 선원 때문에, 어떤 점에서, 우연히 불편을 겪게 된 두 명의 흑인이 그를 세게 옆으로 밀치는 것을 보았다. 그 수부는 그것에 대해 분개했고, 그들은 뱃밥을 만드는 사람들의 진지한 외침에도 불구하고 그를 갑판으로 세게 밀어 내렸다.

'돈 베니또' '저기에서 무슨 일이 벌어지고 있는지 보세요?'라고 데라노 선장이 말했다.

그러나 기침을 하기 시작한 스페인 사람은 양손을 얼굴에 대고 비틀거리며 쓰러졌다. 데라노 선장이 그를 부축하려고 했지만, 하인이 정신을 차려 한 손으로는 주인을 받치고, 다른 손으로는 예의를 표했다. 돈 베니또는 회복되었다. 흑인은 그에 대한 부축을 그만두고, 옆으로 조금 물러나, 작은 소리로 부르면 들을 수 있는 거리에 있었다. 그러한 신중한 태도는 방문객이 볼 때, 앞서 언급한 예의바르지 못한 대화 때문에, 하인에게 있었을지도 모르는 부적절한 결점을 깨끗이 씻어내는 듯했다. 또한 하인의 책임이 있다고 하지만, 그것은 그 자신보다 주인의 잘못이었다. 그가 혼자 남겨졌을 때, 그는 그렇게 잘할 수도 있었기 때문이다.

그의 시선은 무질서한 광경에서, 그 앞에 있는 유쾌한 사람에게 이끌렸다. 데라노 선장은 하인이 이따금 주제넘은 듯은 하지만, 환자 상태에 있는 주인이 전체적으로 아주 소중한 그 같은 하인을 소유한다는 것에 대해 다시 축하의 말을 하지 않을 수 없었다.

'저, 당신의 부하가 이곳에 저와 함께 있으면 좋겠습니다. 그의 대가로 얼마를 받으시겠습니까? 오십 더블룬[36]이면 되겠습니까?' '돈 베니또, 제게 말해주세요'라고 그가 미소를 지으며 말했다.

'선장님은 1,000더블룬으로도 바보와 헤어지지 않으실 것입니다'라고 제안을 엿들은 흑인이 중얼거렸다. 바보는 그것을 진지하게 받아들이고, 주인이 인정한 충실한 노예의 이상한 허영심으로, 낯선 사람이 말한 그런 하찮은 평가를 듣고 코웃음을 쳤다. 그러나 돈 베니또는 완전히 회복되지 않아, 다시 기침으로 방해를 받아 어떤 알 수 없는 대답을 했다.

곧, 그의 신체적 고통이 마음에 영향을 끼치는 것이 너무 분명하자, 하인은 슬픈 광경을 막으려는 듯이 점잖게 주인을 아래로 안내했다.

홀로 남겨진 미국인은 그의 보트가 도착할 때까지 시간을 보내

---

36) (옛날의) 스페인 금화.

기 위해, 그가 본 몇 스페인 수부 중의 한 명에게 다가서려 했다. 그러나 그는 돈 베니또가 그들의 나쁜 행위를 간단히 말했던 어떤 점을 생각하고, 수부들에게 불충실성이나 두려움을 겉으로 드러내고 싶지 않은 선장으로서 그것을 단념했다.

이런 생각을 하면서, 몇 명의 수부가 있는 쪽으로 눈을 향하고 서 있던 그는 갑자기 그들 중의 한두 명이 눈길을 보냈는데, 그것은 어떤 의미를 지니고 있다고 생각했다. 그는 눈을 비비고 다시 보았지만, 다시 똑같은 광경을 보는 듯했다. 그러나 새로운 형태의 전보다 분명치 않은 의심이 살아났다. 그러나 돈 베니또가 없는 상태에서 두려움은 전보다 덜했다. 수부들이 들려준 나쁜 설명에도 불구하고, 데라노 선장은 그들 중의 한 명에게 다가가려고 마음먹었다. 그가 선미를 내려와 흑인 사이를 걸어갔는데, 그가 움직이자 뱃밥을 만드는 사람들이 이상한 소리를 냈고, 그 소리에 흑인들이 양쪽으로 휙 갈라서 그 앞에서 나뉘었다. 그러나 그들은 그들 구역을 의도적으로 방문하는 대상이 누구인지를 알아보는 데 호기심을 지닌 듯, 질서정연하게 뒤로 다가와 낯선 백인을 뒤따랐다. 그래서 그의 행보는 말을 탄 관리처럼 선포되고, 흑인 의장병에 의해 보호된 것처럼, 데라노 선장은 기분 좋게 마음 내키는 대로 앞으로 갔다. 이따금 흑인들에게 즐거운 이야기를 하고, 그는 상대편의 장기 대열에 대담하게 들어가, 길을 잃은 흰 졸처

럼 흑인들과 섞이어 여기저기 흩어져 서 있는 백인들의 얼굴을 살
폈다.

자신의 목적을 위해서, 그들 중에 누구를 택할지를 생각하는 동
안, 그는 큰 멜빵에 타르 칠을 하며 갑판에 앉아 있는 한 수병과
그 둘레에 쭈그리고 앉아 그 과정을 호기심 있게 바라보는 한 무
리의 흑인들을 우연히 보았다.

그 사람이 하는 천한 일은 훌륭한 용모의 어떤 점과 대조를 이
루었다. 옆에 흑인이 그를 위해서 들고 있는 타르 통에 손을 쉴
새 없이 집어넣어, 검어진 손은 그의 얼굴과 자연스럽게 인연이
없는 듯했다. 얼굴이 마른 것을 제외하고 그는 매우 잘생겼다. 이
런 수척함 때문에 그가 범죄행위에 관련이 없는지 어떤지 결정할
수 없었다. 비록 같지는 않지만, 더위와 추위가 같은 감흥을 불러
일으키듯이, 유죄나 무죄도, 정신적인 고통과 자연스럽게 연관되어
시각적인 인상을 남길 때는 하나의 인장 - 낡은 인장을 사용한다.

그가 자비로운 사람이었다고 할지라도, 그때 이런 생각이 데라
노 선장에게 다시 떠오르지는 않았다. 오히려 다른 생각이 떠올랐
다. 고통과 수치심에서인 양, 눈을 돌린 검은 눈과 함께 유난히
수척한 모습을 바라보고, 돈 베니또 선장의 승무원들에 대해 말한
나쁜 생각을 다시 떠올리고 있었기 때문에, 그는 무의식적으로 고
통과 수치심을 덕스러운 마음에서 분리하면서, 분명히 그들을 악

과 관련시키는 어떤 일반적인 생각을 열심히 하고 있었다.

데라노 선장은 진정 이 배에 어떤 사악함이 있다면, 원유로 지금 그가 손을 더럽히고 있듯이, 저기에 있는 그 사람이 악으로 분명 더럽혀 있다고 생각했다. '나는 그에게 다가가 말을 걸고 싶지 않았다. 나는 다른 사람으로, 양묘기[37)에 있는 늙은 사람에게 이야기를 할 것이다.'

그는 낡은 빨간 바지와 때가 묻은 나이트 캡,[38) 주름진 갈색 뺨과 가시 울타리처럼 짙은 수염을 기른 나이가 든 발로세로나 수부에게 다가갔다. 한 명의 졸린 듯한 아프리카 사람 사이에 앉아 있는 이 바닷사람은 젊은 수부처럼 장비를 다루는 일을 하고 있었다. 그는 줄을 겹쳐 잇는 일을 하고 있었다. 졸린 듯한 흑인들은 그를 위해, 밧줄 바깥 부분을 잡는 덜 숙련된 일을 하고 있었다.

데라노 선장이 다가가자, 곧 그는 일을 하는 데 있어서, 전보다 더욱 머리를 낮추었다. 그것은 그가 일하는 데 있어서, 평소보다 매우 충실하게 열중하고 있다는 생각을 주기를 원하는 것처럼 보였다. 그가 그에게 말을 걸자, 그는 위를 올려보았지만, 으르렁거리며 깨무는 대신 추파를 던지며 양과 같은 눈길을 보내는 회색곰과 아주 흡사한 채, 풍우에 시달린 전망대 위에 이상하게 앉아 있

---

37) 배의 닻을 감아 올리고 풀어 내리는 장치를 한 기계. ≒닻감개.

38) 잠잘 때 쓰는 모자.

는 비밀스럽고 수줍은 듯한 태도를 지니고 있었다, 그에게 항해에 관해 몇 가지의 질문을 했다. 질문은 방문자가 배에 처음 승선했을 때, 충동적인 외침소리 때문에, 전에 확인하지 못한, 돈 베니또의 이야기의 몇 가지 세부적인 것에 대한 의도된 것이었다. 질문은 그 이야기에 대해 확인을 바라는 모든 것을 확인하며 간략하게 대답되었다. 양묘기 주변에 있던 흑인들이 늙은 수부에게 합세했다. 그러나 그들이 말을 많이 하자, 그는 점점 말이 없고 마침내 아주 무뚝뚝해져, 더 이상의 질문에 대답하기를 아주 꺼리는 듯했다. 그러나 한동안 이런 곰과 같은 모습은 그의 양과 같은 모습과 다소 섞이게 되었다.

그런 반인반마와 기탄이 없는 대화를 나누는 데 실망한 데라노 선장은 보다 희망을 주는 사람을 찾기 위해 주변을 둘러보았다. 하지만 찾을 수 없어서, 흑인에게 다가가 유쾌하게 이야기를 했다. 그래서 그는 여러 형태의 웃음을 짓기도, 얼굴을 찡그리기도 하며, 선미로 돌아왔다. 그는 처음으로 이상함을 느꼈고 그 이유는 거의 말할 수 없었다. 그러나 전반적으로 그는 베니또 쎄레노를 다시 신뢰했다.

그는 저 너머에 있는 수염이 난 저 늙은이가 정신적 자극이 없는 곳에서의 의식을 얼마나 분명히 드러내고 있었던가를 생각했다. 의심할 바 없이, 그는 내가 다가오는 것을 보았을 때, 선장으

로부터 승무원의 일반적 비행에 대해 들어 알고 있는 내가 그에게
신랄한 말로 머리를 숙이게 하려는 것을 전혀 두려워하지 않았다.
그러나 생각해보면, 내가 실수를 하는 것이 아니면, 바로 저 늙은
이는 여기서 한동안 나를 진지하게 주목한 사람들 중의 하나였다.
아, 이런 생각의 흐름은, 마치 물결이 배를 정신없이 돌게 하듯이,
사람의 머리를 돌아가게 하고 있다. 아, 지금은 분위기가 유쾌하
고 밝은 광경으로 또한 아주 사교적이게 되었다.

그의 관심은 어느 뜨개질 형태의 삭구를 통해 부분적으로 몸을
드러내고 자고 있는 흑인 여성에게 쏠렸다. 그녀는 숲 속 바위의
그늘에 있는 암사슴처럼, 현장 바람막이 아래서 젊음에 찬 팔다리
를 쭉 뻗고 있었다. 그녀의 골진 가슴에는, 옷은 완전히 벗고 잠
이 확 달아난 검은 작은 사슴새끼가 갑판에서 몸을 반은 들어 올
린 채, 어미와 십자를 이루며 사지를 버둥거리고 있었다. 마치 두
개의 발톱처럼 손은 그녀를 기어오르며, 입과 코는 목표에 이르려
실속 없이 애만 쓰고 있었다. 약이 올라 반은 불만에 찬 끙끙거리
는 소리와 흑인 여자의 태연히 코를 고는 소리가 섞였다.

아이가 유별나게 활발히 움직여 마침내 어머니를 깨웠다. 그녀
는 멀리서 데라노를 보고 일어났다. 그러나 그녀는 본 것을 전혀
개의치 않는 듯, 기쁘게 모성애의 열정으로 아이를 일으켜 세워
온통 키스를 했다.

이런 일로 그는 전보다 더욱 특이하게, 다른 흑인 여성에 대해서 주목하였다. 그는 그들의 태도에 만족했다. 대부분의 미개한 여성들처럼, 그들은 마음이 부드럽고 몸은 강인한 듯했다. 마찬가지로 어린아이들을 위해서 죽거나 싸울 각오가 되어 있는 듯했다. 암표범처럼 교묘하지 않으며 비둘기처럼 사랑스러운 듯했다. 아! 아마 이들이 래드야드[39]가 아프리카에서 보고 난 후, 그렇게 고상한 설명을 했던 바로 그런 여성들이라고 생각했다.

이런 자연스러운 광경이, 어쨌든, 부지불식중에 자신감과 편안한 마음을 깊이 심어주었다. 마침내, 그는 그의 배가 얼마나 접근하고 있는지를 보기 위해서 바다를 바라보았다. 그러나 그것은 여전히 꽤나 먼 거리에 있었다. 그는 돈 베니또가 돌아왔는지를 보려고 몸을 돌렸다. 그러나 그는 돌아오지 않았다.

그는 다가오는 배를 한가롭게 목격함으로써, 자신을 즐겁게 할 뿐만 아니라 기분을 전환하기 위해서, 뒷돛대 사슬이 있는 곳을 넘어서, 우현 선미전망대 - 앞서 이야기한 방치된 베네치아풍으로 보이는 수상 발코니의 중의 하나 - 즉 갑판에서 외진 곳으로 올라갔다. 그의 발이 그곳에 깔린 반은 젖고, 반은 마른 바다이끼를 밟고, 불지도 계속되지도 않는, 간간이 불어오는 유령과 같은 작

은 섬 바람이 그의 뺨을 스치는 순간, 그의 시선은 줄지은 작은 둥근 채광창 - 입관된 자의 구리로 도금된 안구처럼 모두가 닫힌 채광창 - 한때는 그를 통해 그것을 볼 수 있었지만, 지금은 대리석 관의 덮개처럼 단단히 징이 박혀 있는 옛날의 전망대와 연결된 선장실의 문 - 에서 검붉은 타르가 덮인 가로대, 문지방, 기둥에 머물렀다. 그리고 그가 선장실과 이 선실의 발코니에서 스페인 왕실 장교들의 목소리가 들렸을 때를 생각하고, 리마 총독의 딸들이 무리지어, 그가 서 있던 곳에 기대어 있었던 모습 등 - 이런 것들과 다른 이미지들이 잔잔한 파도 속에서 불어오는 미풍처럼 그의 마음을 스쳤을 때, 그는 마치 평원에 혼자 있는 사람이 정오에 휴식을 즐길 때에 불안감을 느끼는 것처럼 어렴풋한 불안감이 서서히 솟아나는 것을 느꼈다.

그는 조각이 새겨진 난간에 기대어, 다시 그의 배가 있는 쪽을 바라보았다. 그러나 그의 눈은 파란 상자의 경계선처럼, 직선으로 배의 흘수선[40]을 따라 이어진 리본형의 풀에 멎었다. 그리고 시선은 밑에 있는 동굴로 끌리듯이, 둥글게 휩싸이기도 하고, 큰 파도층을 넘기도 하며, 사이에 긴 형태의 샛길인 듯해 보인 것과 더불어, 가까이 또는 멀리 떠다니는 넓은 타원형과 초승달 모양의 해

---

40) 배가 물 위에 떠 있을 때 배와 수면이 접하는, 경계가 되는 선.

초 정원에 멎었다. 그의 팔이 난간에 걸려 있었다. 그런데 그것은 부분적으로 피치가 얼룩져 있었고, 부분적으로는 이끼가 돋보여, 오래 방치된 웅장한 정원에 여름 별장의 그을린 유물처럼 보였다.

하나의 마력을 깨뜨리려 했으나, 그는 새롭게 매료되었다. 그는 넓은 바다 위에 있었을지라도, 어떤 먼 내륙 지방에 있는 듯했고, 마치 어떤 황폐한 큰 저택에 빈 땅을 바라보도록, 남겨진 죄수처럼 여행자나 마차가 지나지 않는 희미한 길을 내다보는 듯했다.

그러나 이런 마술은 그의 눈이 부식된 주 돛사슬에 머물자 풀렸다. 녹이 슨 오래된 형태의 연결고리와 사슬, 볼트는 배가 만들어진 당시보다, 현재의 임무에 더 어울리는 듯했다.

곧 그는 사슬 가까이에서 무엇이 움직였다고 생각했다. 그는 눈을 비비고 열심히 바라보았다. 삭구 뭉치들이 사슬 주변에 여기저기에 놓여 있었다. 그곳에서 북미산 숲의 송나무 뒤에 인디언처럼, 육중한 밧줄 뒤에서 살피는 스페인 사람이 눈에 들어왔다. 그는 손에 쇠 돛바늘을 가지고, 발코니 쪽을 향해 불완전한 몸짓을 했다. 그러나 그는 곧 갑판 안쪽을 따라가는 발걸음에 놀란 듯, 밀렵꾼처럼 밧줄 숲과도 같은 후미진 곳으로 사라졌다.

이것은 무슨 의미인가? 누구에게도, 심지어 선장에게조차도 알려지지 않은, 그 사람이 이야기를 나누려고 했던 것은 어떤 것인가. 그 비밀은 선장에게 유리하지 않은 어떤 것과 관련이 있었나?

그것은 데라노 선장이 전에 잘못 알고 있는 것을 입증할 수 있는 것이었나? 또는 그 순간에 어떤 망령된 기분에서, 밧줄을 수선하고 있는 양, 밧줄을 가지고 분주했던 그 사람의 의도하지 않은 임의적 행동을 중요한 어떤 신호로 잘못 인식했나?

그는 약간 당황해서, 다시 그의 배를 바라보았지만, 배는 잠시 섬 바위의 돌출부에 숨겨 있었다. 그가 열렬히 앞으로 몸을 내밀어 배의 앞부분이 첫 모습을 드러내는 것을 보는 순간, 그 앞에 난간이 마치 숯불처럼 무너졌다. 만일 그가 뻗어 있는 밧줄을 잡지 않았다면, 그는 바다에 빠졌을 것이다. 썩은 조각들이 부딪치는 소리는 약했고 떨어지는 소리는 공허했다. 하지만 다른 사람들이 소리를 들었음에 틀림없었다. 그는 위를 올려보았다. 정신을 차리고, 호기심 있게 그를 내려다보고 있던 사람은, 그의 자리에서 바깥 아래 활대 쪽으로 미끄러진 낡은 뱃밥을 만드는 사람 중의 한 사람이었다. 밑에 있는 낡은 흑인과 동굴 입구에 여우처럼 총안으로부터, 그의 눈에 띄지 않게 살피고 있던 스페인 수부는 다시 웅크렸다. 그 사람의 태도에서 갑자기 암시된 것 때문에 다음 같은 정신이 나간 듯한 생각이 데라노 선장의 마음을 파고들었다. 밑으로 내려갈 때, 돈 베니또가 내키지 않게 청한 것은 단지 핑계였으며, 그것은 그곳에서 그 수부가 암시를 얻는 어떤 수단으로, 낯선 사람에 대하여 경계를 펴고자 하는 음모를 꾸미고 있었다는 생각이 들었다. 그것은 처음 배에 탄 것에 대해 일종의 감사의 말로 표현될지 모른다. 베니또 선장이 흑인들을 칭찬하면서, 그의 선원들에 대해 나쁜 특성을 미리 알렸던 것은 이 같은 있음직한 일을 예상해서 나온 것이었나? 하지만 반대로 진정, 전자가 후자와 마찬가지로 고분고분한 듯하지 않은가? 또한 백인들은 선천적으로 기민한 인종이 아닌가? 사악한 의도를 지닌 사람이라면, 자신의 타락에 눈을 어둡게 하는 그런 어리석음을 칭찬하지 않을 것이고 악으로부터 나온 지능적인 악의는 숨길 수 없지 않을 것인가? 아마 그럴 것이다. 그러나 만일 백인들이 돈 베니또에 관한 어두운 비밀을 간직하고 있다면, 그 경우에 돈 베니또는 흑인들과 어떤 점에서 공모를 하고 있는 것이지 않은가? 그러나 그들은 너무 어리석었다. 그 외에, 백인들이 자신의 인종을 배반하고, 흑인들과 연합해서 신앙심을 버리는 배교자가 되었다는 이야기를 지금까지 들어 본 사람은 누구인가? 이런 어려움 때문에 이전의 어려운 일이 생각났다. 그런 혼란스러운 생각에 빠져, 다시 갑판으로 오른 데라노 선장은 불편한 마음으로 갑판을 따라 걷다가 새로운 얼굴을 보았다. 그런데 늙은 수부는 주출입구 가까이에서 다리를 꼬고 앉아 있었다. 그의 피부는 펠리컨의 빈 주머니처럼 주름으로 쭈그러들었고 머리칼은 서릿발처럼 서 있었다. 얼굴은 진지하고 침착했다. 손에는 밧줄이 가득했고, 그는 밧줄로 커다란 매듭을 만들고 있었다. 몇몇 흑인들은 급한 일이 요구되는 대로, 고분고분하게, 여기저기, 그를 위해 타래를 떨어뜨리며 그의 주변에 있었다.

데라노 선장은 그에게 다가가서 말없이 매듭을 바라보며 서 있었다. 기분 좋은 변화와 함께 그의 얽힌 마음은 밧줄의 얽힘 속으로 파고들었다. 그는 음모를 위한 그런 매듭을 미국인의 배에서나 다른 배에서 결코 보지 못했다. 그 늙은이는 아몬사원에 쓸 고르디오스 매듭[41]을 만들고 있는 이집트의 성직자와 같았다. 그 매듭은 이중 옭매듭, 세 겹 왕관 매듭, 왼쪽으로 잘 짜인 매듭, 잘 매지기도 하고 못 매지기도 한 매듭, 엉킨 매듭이 결합된 것인 듯했다.

마침내 그러한 매듭의 의미를 이해하는데, 난처해진 데라노 선장은 매듭을 만드는 사람에게 말을 걸었다.

'이 봐요, 거기서 무슨 매듭을 만들고 계시오?'

'매듭요'라고 쳐다보지도 않고 짧게 대답했다.

'그렇기는 한 듯하지만 무엇에 쓰려고요?'

'어떤 사람이 매듭을 풀도록 하기 위해서'라며 늙은이는 전보다 손을 열심히 놀리며, 매듭이 거의 완성되자, 중얼거리며 대답했다.

데라노 선장이 그를 바라보며 서 있는 동안, 갑자기 그 노인은 엉터리 영어로 – 첫 번째 말은 못 알아들었는데 – 이와 같은 취지

---

41) 고르디오스(Gordius)의 매듭. ≪Alexander 대왕이 칼로 끊었음≫, 어려운 문제[일].

로 매듭을 그에게 던지며 말했다. '그것을 빨리 풀어. 빨리, 그것을 잘라' 그것은 작은 소리로 이야기되었지만, 매우 빠르게 축약되어 앞서와 뒤이은 스페인말로 된 길고 느린 말은 사이에 간단한 영어를 덮는 덮개처럼 거의 작용했다.

잠시, 매듭을 손에 놓기도 하고, 머리에 놓기도 한 채, 데라노 선장은 벙어리처럼 말없이 서 있었다. 한편 그를 더 이상 주시하지 않던 늙은이는 이제 다른 밧줄에 매달렸다. 곧 데라노 선장 뒤편에 작은 소란한 소리가 있었다. 그는 몸을 돌리면서, 그곳에 서 있는 아뚜팔이라는 사슬에 묶인 흑인을 보았다. 다음 순간 그 늙은 수부는 중얼거리며 일어났고, 그의 부하 흑인들을 앞서서, 배의 앞부분으로 가서 그곳에서 무리 속으로 사라졌다.

어린아이의 옷과 같은 의복을 입고 희끗희끗한 머리와 변호사 같은 풍모를 지닌 나이 든 흑인이 데라노 선장에게 다가왔다. 그는 알아들을 수 있는 스페인말로, 그리고 마음씨 좋고 기민한 눈짓으로, 그는 그에게 늙은 매듭을 만드는 사람은 단순히 재치가 있는 사람이지만, 악의 없이 종종 이상한 장난을 친다고 말했다. 그 흑인은 물론 낯선 사람이 매듭으로 어려움을 겪기를 원치 않을 것이기 때문에 매듭을 달라며 말을 마쳤다. 무의식적으로 그것을 그에게 넘겼다. 그 흑인은 여유 있는 태도로, 그것을 받아들고는 몸을 돌려 밀수된 금이나 은의 장식을 쫓는 탐정 세관원처럼 그것을 샅샅이 살펴보았다. 그는 곧, '뭐야'에 해당하는 어떤 아프리카 말을 하면서, 매듭을 뱃전 너머로 던졌다.

데라노 선장은 느글거리는 감정으로 이 모든 것이 아주 이상하다고 생각했다. 그러나 뱃멀미 증상을 느끼는 사람처럼, 그는 증상을 무시함으로써 그 병적인 폐단을 없애려고 애썼다. 그는 다시 그의 배를 바라보았다. 기쁘게도, 그것은 돌출한 바위의 앞부분을 벗어나 다시 시야에 들어왔다.

처음으로 불안을 벗어난 후, 예상치 않은 효력과 함께, 여기서 경험한 감흥이 곧 의심을 제거하기 시작했다. 친밀한 보트가 시야에 점점 가까워졌을 때 - 반은 안개에 섞여 전과 같지는 않지만, 뚜렷한 윤곽을 드러내며 사람의 개성처럼 배의 성격이 분명히 나타났다. 지금 그 배는 낯선 해역에 있지만, 데라노 선장의 고국 해안에 종종 들어와, 수선을 받으려 해안 가까이 접근해서 뉴펀들랜드 개처럼, 그곳에 친숙하게 정박해 있던 *로우버*라는 배이다. 가족과 같은 배의 광경은 앞서의 의심과는 대조적으로 그에게 긍정적인 자신감뿐만 아니라, 전에 자신감이 부족한 것에 대해 반쯤은 익살스러운 자책감을 채워준 천명의 신뢰할만한 친구를 연상시켰다.

'저런, 나, 아마사 데라노 - 내가 청년이었을 때, 사람들이 나를 바다 사나이라고 부르듯 - 그와 같은, 나, 아마사는 손에 오리 크기의 작은 가방을 들고, 물가를 따라 낡은 배로 만든 학교와 집으로 철벅거리며 걸어가곤 했지. 어렸을 때, 바다 사나이인 나는 친척 내트와 다른 사람들과 함께 야생딸기를 따러 가곤 했지. 유령과 같은 해적선에 승선한 나는, 끔찍한 스페인 사람에 의해서 지구상의 끝, 이곳에서 살해될 것인가? 너무 터무니없어, 생각할 수 없는 일이다! 누가 아마사 데라노를 죽일 것인가? 그의 양심은 깨끗하다. 위에 어떤 분이 계시지. 저런, 저런, 해안 남자! 당신은 진정 어린애다. 두 번째 맞는 유년기의 한 어린아이다. 당신은 노망을 떨기 시작하고 있다고 생각한다.'

그가 마음과 발걸음이 가벼워져, 선미 쪽으로 발을 딛자 그곳에서 베니또의 하인을 만났다. 하인은 현재 자신의 감정에 응해서 유쾌한 표정을 띠고, 주인이 발작적인 감기에서 회복되어서, 그(돈 베니또)는 그가 좋은 손님인 돈 아마사에게 가서 감사의 말을 전하고, 곧 선장이 자리를 함께하면 기쁠 것이라는 말을 전하라고 했다고 그에게 알렸다.

'자, 이제 그대는 그것을 이해하는가?'라고 데라노 선장은 선미를 걸으며 다시 생각했다. 내가 얼마나 멍청한가. 나는 이곳으로 나에게 친절한 감사의 말을 전하는 이 신사를, 단지 십 분 전만해도, 손에 검은 랜턴을 들고, 물자저장고에서 오래된 숫돌 주변에 몸을 피해, 나를 죽이려고 손도끼를 갈던 사람이라고 생각했지. 그렇지 그래, 이런 오랫동안의 냉정한 생각이 내 마음에 우울한 영향을 주었지. 나는 그것을 전에 결코 믿지 않았지만, 종종 그것에 대해서 들었다. 하하! 배를 향해 바라보았다. 착한 개, *로우버*호가 있군. 입에는 흰 뼈를 물고 있군. 하지만 꽤나 큰 듯한데 — 무엇이지? 맞아, 배는 그곳에서 거품을 일으키는 거친 파도와 맞서 있구나. 파도로 배는 잠시 다른 쪽으로 방향을 잡고 있었다. 인내.

지금은 정오지만, 모든 것이 잿빛으로 황혼에 접어드는 듯했다.

바다는 더욱 잔잔해졌다. 육지의 영향을 벗어나 먼 거리의 납빛 대양은, 길이 끊기고 영혼은 소멸되어 없어진 곳으로 펼쳐 이어진 듯했다. 그러나 배가 있던 육지 쪽으로부터 밀려오던 물결이 점점 일며, 배를 저 너머에 춤추는 대양 쪽으로 조용히 점점 몰고 갔다.

여전히 그러한 위도에 대해서 알고 있는 지식으로, 어느 순간에 서든지, 연풍(軟風)42)이나 꽤나 강한 바람을 예상하고 있는 데라노 선장은, 현재의 상황에도 불구하고 밤이 되기 전에, *산 도미니크*호를 안전하게 정박하기를 기대하며 마음이 들떠 있었다. 밀려나간 거리는 대단치 않았다. 바람이 잘 불어 십 분 정도 항해하면, 육십 분의 항해 이상으로 되돌아갈 수 있을 것이기 때문이다. 한편 그는 파도와 *싸우는 로우버*호를 보기 위해서 몸을 돌리고, 다음에는 다가오는 돈 베니또를 바라보면서 선미를 계속 걸었다.

---

42) 초속 1.6∼13.8m의 바람. 산들바람.

점차 그는 배가 늦어 약이 오르는 것을 느꼈다. 이는 곧 불안으로 뒤섞여, 마침내, 시선은 마치 무대에서 구석을 향하듯이, 그의 앞과 밑에 있는 이상한 무리들을 계속해서 주시했다. 그리고 곧 그곳에 있는 얼굴을 알아차렸다. 그런데 그 얼굴은 무관심으로 침착해진 스페인 수부의 얼굴로, 그는 주요 연결고리로부터 되살아난 과거의 불안한 어떤 것을 불러들이고 있었던 듯했다.

그는 - 매우 진지하게 - 이것을 논쟁과 같은 것이라고 생각했다. 그것은 돌아오지 않는 것이 아니기 때문이다.

그러한 생각으로 되돌아가는 것이 부끄럽다고 할지라도, 그는 그것을 완전히 억제할 수 없었다. 그래서 그는 최대한 기분을 좋게 하며 부지불식중에 타협했다.

그렇다. 이것은 이상한 술책이다. 또한 이상한 과거와 배에 탄 이상한 사람들.

그러나 그 이상은 아니다.

그는 보트가 도착하기까지, 불쾌한 마음을 벗어나려고 승무원과 선장에 대해 특이하지 않은 것들을, 순전히 사색적인 태도로, 곰곰이 생각하면서, 마음을 그것에 집중하려고 했다. 다른 것 중에서, 네 가지 호기심이 되살아났다.

첫째, 노예 소년이 칼을 가지고 공격을 한 스페인 소년의 문제와 돈 베니또의 눈길로써 취해진 행위. 두 번째, 한 어린이가 고

삐에 매인 나일 강의 황소를 이끌듯이, 돈 베니또가 흑인 아뚜팔을 다루는 포악성. 세 번째, 두 명의 흑인이 그 수부를 짓밟는 것과 그에 대해서 비난도 하지 않고 지나치는 무례함. 네 번째, 배의 모든 하인들, 특히 흑인들이 주인에 대해 아부하는 굴욕적인 모습으로, 그들은 가장 작은 실수로조차, 그의 심한 불쾌감을 불러일으키는 것을 두려워하는 듯했다.

이런 점을 관련지어 볼 때, 그들은 모순인 듯했다. 그러나 그렇다면 무엇인가 하는 점을 데라노 선장은 현재 다가오는 배를 바라보며 생각했다. 그렇다면 무엇인가? 자, 돈 베니또는 매우 믿을 수 없는 선장이다. 그러나 그가 비록 어떤 다른 사람의 정도를 넘어선 것은 사실이지만, 내가 만난 첫 번째 사람은 아니다. 그러나 한 국민으로서 스페인 사람들은 모두 이상한 종족이라는 공상을 계속했다. 바로 스페인이라는 그 단어는 유별난 공모자인 가이 포크스[43]를 되울리고 있다. 그러나 용기를 내서 말하지만, 대체로 스페인 사람들은 매사추세츠 덕스버리 어떤 사람들에 못지않게 선량하다. 아, 선량하지! 마침내, *로우버*호가 왔다. 환영받을 짐과 함께 배가 옆으로 접근했을 때, 뱃밥을 만드는 사람들은 점잖은 태

---

43) 영국 '화약음모사건(火藥陰謀事件)'의 실행담당자. 영국의 신교도 집안에서 태어났으나 구교도가 되었다. 구교에 적대적인 국왕 제임스 1세를 죽이려던 '화약음모사건'에 가담했다가 발각되어 처형당했다.

도로 흑인들을 막으려 했다. 그런데 흑인들은 바닥에 두 개의 더럽혀진 물통과 선수에 있는 시든 호박더미를 보자, 정신이 나간 듯이 기뻐하며 현장에 매달렸다.

돈 베니또가 그의 하인과 함께 나타났다. 그는 떠드는 소리 때문에 빨리 온 것이다. 데라노 선장은 그에게 모두가 물을 똑같이 분배를 받고, 부당하게 많이 가짐으로써, 누구도 손해를 입지 않게 나누어줄 것을 허락하기를 요청했다. 그러나 분명 돈 베니또의 입장에서, 이 제안은 친절했다고 할지라도, 참을 수 없는 것으로 받아들였다. 선장으로서, 그가 정력이 부족하다는 것을 깨닫고 있듯이, 허약함에 대해서도 진정한 질투심을 지닌 베니또 선장은 어떤 간섭을 모욕적인 일로 받아들이며 분개했다. 적어도 돈 데라노 선장은 그렇다고 추측했다.

다음 순간 물통이 올려지고 있었을 때 열렬한 몇 명의 흑인들이 출입구 가까이 서 있던 데라노 선장을 밀쳤다. 돈 베니또 선장은 그 순간의 충동에 이끌려 흑인들에게 뒤에 서 있으라고 점잖게 명령했다. 반은 기분 좋게 반은 위협적인 몸짓으로 말을 따르도록 했다. 곧바로 흑인들은 그들이 있던 곳에 멈추어, 흑인 남녀 각각은 말이 떨어졌을 때, 그들이 있던 장소에 정확히 그대로 자리를 잡고 있었다. 몇 분 동안 그렇게 계속되었다. 한편 전보의 응답소 사이에서처럼, 알 수 없는 내용의 말이 서 있던 뱃밥을 만드는 사람들에게 전해졌다. 방문자의 관심이 이 광경에 집중된 동안, 갑자기 도끼를 닦는 사람들이 반은 일어섰고, 베니또로부터 성급한 외침소리가 들려왔다.

데라노 선장은 스페인 사람의 신호가 그를 살해하라는 것으로 생각하면서, 그의 배로 뛰어들려고 했다. 그러나 무리들 사이로 엄하게 소리를 지르며 끼어든 뱃밥을 만드는 사람들이, 모든 백인과 흑인을 뒤로 물러나게 하고, 동시에 친절하고 친숙하지만 우스꽝스러운 태도로, 그들이 실질적인 바보가 되지 않도록 명령을 했다. 그래서 그들은 멈추었다. 동시에 도끼를 닦는 사람들은 그들 자리로 돌아가, 많은 재봉사들처럼 조용히 자리에 앉았다. 그리고 즉시 아무 일도 일어나지 않은 듯이 백인들과 흑인들은 고패[44]장치에서 노래를 부르며 물통을 들어 올리는 일을 다시 시작했다.

데라노 선장은 돈 베니또 선장 쪽을 바라보았다. 그는 흥분한 환자가 쓰러져 의지한 하인의 팔에서 벗어나 몸을 일으켜 세우는 허약한 모습을 보았다. 그리고 이때 그는 현 상황이 보여주듯이, 그렇게 사소한, 진정한 상황에서도, 자기 통제력을 잃을 수 있던 선장이 아주 사악하게 자신을 살해할 것인가를 추측하며, 자신이 과거에 놀라워했던 고통에 아연하지 않을 수 없었다.

---

44) 깃대 따위의 높은 곳에 기나 물건을 달아 올리고 내리기 위한 줄을 걸치는 작은 바퀴나 고리.

물통이 갑판에 놓이자, 승무보조원 한 사람이 데라노 선장에게 많은 물 항아리와 컵을 건네주었다. 보조원들은, 그의 선장에게 맹세코, 그가 제안했었던 것처럼 물을 나눠주기를 간청했다. 그는 가장 나이 어린 흑인과 마찬가지로 가장 늙은 백인에게 똑같이 물을 제공하면서, 늘 하나의 수준을 요하는 이런 공화주의의 요소에서처럼 공화주의적 공평무사함을 따랐다. 그러나 계급에서가 아니라 여분의 할당량을 요하는 베니또는 별도로 했다. 우선 데라노 선장은 그에게는 많은 양의 물주전자를 제공하였다. 그러나 목이 말랐을지라도, 스페인 사람은 몇 차례 진지한 인사와 경례를 한 후에 물을 꿀꺽 마셨다. 그 광경을 즐기는 아프리카 사람들은 정중한 호혜의 박수를 치며 환호했다.

두 개의 덜 쭈그러진 호박이 선실 탁자에 마련되었기 때문에, 성찬을 위해 나머지를 즉석에서 썰었다. 그러나 데라노 선장은 연한 빵, 설탕, 그리고 병에 든 사과즙은 백인들과 주로 돈 베니또에게 주려고 했지만 돈 베니또는 거절했다. 그런 무관심이 미국인을 매우 기쁘게 했다. 그래서 먹을 만큼의 양이 주변에 모든 흑인들이나 백인들에게 똑같이 주어졌다. 바보가 주인을 위해 남겨놓자고 한 사이다 한 병만은 제외되었다.

그 보트가 처음 방문 때, 미국인은 부하들이 갑판에 오르는 것을 허락하지 않았던 것을 볼 수 있었는데, 지금도 그렇다. 이는 갑판에 혼란을 더하지 않기를 원해서이다.

현재 특이하게 퍼져 있는 즐거운 기분에 영향을 받지 않고, 당분간, 오직 자비로운 생각에 몰두한 데라노 선장은, 최근의 징후 때문에, 늦어도 한두 시간 이내에 바람이 불 것을 기대하며, 물통을 물 긷는 장소로 보내서, 물을 채우는 데 즉시 임할 일꾼에 대한 명령과 함께 보트를 바다표범잡이 배로 되돌려 보냈다. 마찬가지로, 그는 현재의 기대와 달리, 배가 해질녘까지 정박하지 못해도 걱정할 필요가 없다는 말을 1등 항해사에게 전달하도록 했다. 그날 밤은 만월이어서 그(데라노 선장)는 바람이 늦게 불든지, 곧 불든지, 항해를 준비하고 갑판에 있을 것이기 때문이었다.

두 선장이 작별하는 보트를 바라보며 서 있었을 때 - 하인은 과거처럼 주인의 우단 옷소매에 얼룩을 보고 즉시 비비고 있었다. 미국인은 *산 도미니크*호에 보트가 없는 것, 적어도, 전혀 없는 것에 대해 서운함을 표시했다. 그러나 바다에 적합하지 않은 낡은 선체의 긴 보트가 사막에 낙타의 해골처럼 거의 빛이 바랜 채, 배의 중앙에 거꾸로 된 물통처럼 놓여 있었다. 배의 한쪽 면이 약간 쪼개져 흑인 가족 집단, 대부분 부인들이나 작은 어린이들을 위한 일종의 지하토굴로 이용되었다. 그런데 그들은 밑에 낡은 매트를 깔고 있거나 혹은 어두운 돔의 높은 자리에는 어느 친숙한 동굴에 피신하고 있는 사회 무리인 박쥐들처럼 안에 약간 사이를 두고 앉아 있는 것이 어렴풋이 보였다. 때때로, 서너 살짜리의 옷을 벗은 흑인 소년과 소녀 무리들이 토굴 입구를 급히 들락날락거리는 것이 목격되었다.

'돈 베니또, 당신께서는 서너 척의 배를 가지고 계시는군요. 여기에 있는 흑인들이 뼈가 빠지게 일을 해서 문제를 얼마간 도울 수 있군요. 당신은 보트가 없이 항구에서 항해를 하셨나요? 돈 베니또'라고 데라노 선장이 말했다.

'선생님, 그들은 돌풍으로 부서졌습니다.'

'돌풍이 심했었군요. 또한 당신은 많은 사람들을 그때 잃으셨군요. 보트와 사람들. 돈 베니또, 심한 돌풍임에 틀림이 없었군요.'

'모두 지난 이야기지요'라고 스페인 사람이 굽실거리며 말했다.

'베니또, 저에게 말씀해주세요.' '저에게 말해주세요. 이런 돌풍이 케이프 혼 앞바다에서 바로 있었나요? 돈 베니또'라고 계속해서 관심을 보이며 그의 동료가 말을 이었다.

'케이프 혼? - 누가 케이프 혼에 대해 말했지요?'

'항해에 대해 설명할 때, 당신께서 말씀하셨지요'라고 데라노 선장은, 스페인 사람의 편에서 스스로 애태우고 있는 듯했다고 할지라도, 자신의 이 같은 식언[45]에 거의 놀라며 대답했다. '베니또,

---

45) 한 번 입 밖에 낸 말을 도로 입 속에 넣는다는 뜻으로, 약속한 말대로 지키지 아니함을 이르는 말.

당신께서 케이프 혼에 대해서 말씀하셨지요'라고 강조하며 그가 되풀이했다.

스페인 사람은, 마치 공중에서 바다로 뛰어들 때처럼, 그리고 중요한 일에 갑작스런 변화를 꾀하려는 사람처럼, 잠시 멈춰 구부린 자세로 몸을 돌렸다.

이 순간, 선실의 시계를 보고 마지막 종료 삼십 분을 앞당겨 선수로 전해서, 이를 큰 종으로 울리게 하는 규칙적인 일을 하는 한 백인 심부름 소년이 황급히 지나갔다.

하인은 외투 소매에 하던 일을 중단하고 '선장님'이라고 말을 걸고, 일을 맡은 사람으로서 그 일을 행하는 것이 일을 맡긴 당사자에게 기분이 나쁠 것이라는 점을 예상하고 소심하게 걱정하며, 의도된 이점 때문에, 넋을 잃은 스페인 사람에게, '선장님께서는 저에게 그가 어디서 어떻게 일을 하든지, 전혀 관심을 갖지 말고, 늘 면도시간이 되면 정확하게 알려달라고 말씀하셨지요. 무겔이 오후 삼십 분을 치러갔습니다. 지금은 선장님 시간이십니다. 선장님, 커디[46]로 들어가시지요?'라고 말했다. 일의 책임을 맡은 사람으로서, 하인이 하던 일을 그만둘 것을 예상은 했지만, 일을 맡긴 당사자 자신에게는 따분한 것일 수 있다.

---

46) (반갑판선의) 선실 겸 요리실, (고물의 하갑판에 있는) 식당 겸 사교실.

‘아, 그래’라고 꿈에서 현실을 응시하듯이 움찔하며 스페인 사람은 대답했다. 그리고 그는 데라노 선장에게 몸을 돌리고, 곧 이야기를 다시 나눌 것이라고 말했다.

‘만일 주인님이 돈 아마사에게 대화를 더하실 의향이시면’ ‘바보가 비누 거품 칠을 하고, 면도칼을 가죽숫돌에 가는 동안에 선장실에서 돈 아마사를 선장님 곁에 앉게 하시고 말씀을 하세요. 그러면 돈 아마사는 경청하실 것입니다’라고 하인이 말했다. ‘돈 베니또, 그래요’ ‘그래요. 당신이 괜찮으시면, 제가 함께 가겠습니다’라며 이 같은 사교적 제안에 기쁜 듯, 데라노 선장이 말했다.

‘그렇게 하지요. 선생님’

세 사람이 선미를 지나자, 미국인은 면도가 그날 정오에 특별히 정확하게 행해진 것은 주인의 다른 변덕스러운 이상한 예라고 생각하지 않을 수 없었다. 그러나 그는 하인의 열렬한 충성이 그 문제와 더욱 관련이 있다고 생각했다. 그리고 시기적절한 간섭 또한, 분명 주인에게 떠오르고 있던 기분을 그것으로 집중시키는 것과 관련이 있다고 생각했다.

하인의 간섭으로 주인에게 분명히 떠오르고 있던 감정이, 주인의 정신을 집중시킨 것과 마찬가지로, 하인의 열렬한 충성이 그 문제와 관련이 있다고 생각했다.

커디로 불리는 장소는 선미 가까이에 마련된 작은 갑판선실로,

밑에 있는 커다란 선실로 이어지는 일종의 다락이다. 그것의 일부는 전에 장교 숙소였지만, 그들이 죽은 이래, 모든 칸막이는 헐렸고 내부는 넓고 시원한 해상 복도로 바뀌었다. 좋은 가구는 없고 넓이에 어울리게 이상한 장비들이 그림에서처럼 어지럽혀 있었고 사냥조끼와 담배쌈지가 사슴뿔에 걸려 있었다. 한구석에는 낚싯대와 집게, 지팡이가 놓인 시골의 어느 괴팍한 총각 지주의 복도는 혼란스러웠다.

그 유사점이 근본적으로 드러난 것은 아니지만 둘러싸인 바다를 보면 잘 드러난다. 어떤 점에서 시골과 대양은 친사촌인 듯하기 때문이다.

커디 바닥에는 매트가 깔려 있었다. 위에는 네 자루 내지 다섯 자루의 낡은 소총이 들보를 따라 수평을 이룬 구멍에 고정되어 있었다. 한 면에는 발톱 모양의 다리가 달린 탁자가 갑판에 매여 있었다. 그것 위에는 엄지손가락의 때가 묻은 미사전서가 있었고, 그 위로는 작은 약해 보이는 십자가가 벽에 붙어 있었다. 탁자 밑에 가난한 탁발 수사의 허리띠 무더기처럼 초라해 보이는 오래된 삭구 사이에는 낡은 작살과 날이 패인 한두 개의 단도가 놓여 있었다. 또한 세월과 함께 검어지고, 종교재판관의 의자로 보기에 거북해 보이는 두 개의 길고 날카로운 갈비뼈 모양의 등줄기로 만든 긴 의자가 흉해 보이는 안락의자와 함께 놓여 있었다. 그런데 안락의자의 뒤에는 스크루를 가지고 일하는 거친 이발사의 아귀가 그려져 있어서 그것은 마치 고장이 난 거대한 엔진처럼 보였다. 깃발함은 한구석이 열린 채, 여러 색의 기를 드러내고 있었다. 어떤 것은 완전히 말려 있고, 다른 것은 반은 말리고, 다른 것들은 뒤죽박죽으로 섞여 있었다. 반대편에는 거추장스러우며 폰트[47]와 같은 판을 지닌, 한 구역 모두가 검은 마호가니로 만들어진 빨래대가 있었다. 그 위에는 빗과 솔과 다른 화장실 용품들이 담겨 있는 매달린 선반이 있었다. 칙칙한 풀로 만들어진 찢어진 흔들의자가 옆에 있었는데, 그 덮개는 벗겨 있었다. 베개는 여기에서 잠을 잔 사람은 누구든지 슬픈 생각이나 나쁜 꿈을 교대로 꾸어 잠을 제대로 이루지 못한 듯한 사람의 이마처럼 주름져 있었다.

배의 선미에 걸쳐 있는 커디의 맨 끝부분에는 세 개의 문과 창문, 그리고 총안이 뚫려, 승무원이나 대포가 그들로부터 밖을 사교적이든 그렇지 않든 내다볼 수 있었다. 목조품의 커다란 둥근 볼트와 다른 녹슨 쇠로 된 고정 물체는 이십사 파운드의 포가 있었음을 암시했지만, 현재는 승무원도 대포도 보이지 않았다.

데라노 선장은 들어서면서 흔들의자 쪽을 바라보고, '돈 베니또, 여기에서 주무시는군요'라고 말했다.

---

47) 구문 활자(歐文活字)에서 크기와 서체가 같은 한 벌. 대문자·소문자·구두점·숫자 따위가 있다.

'그래요, 선장님, 좋은 날씨에 접어든 이후부터입니다.'

'베니또, 여기는 거실, 돛 깁는 방, 예배실, 병기창 그리고 사실(私室)로 함께 쓰는 일종의 기숙사인 듯합니다'라고 데라노 선장이 주변을 돌아보며 말을 덧붙였다.

'그래요, 선장님, 상황이 내가 주선한 대로 유리하게 되지는 않았습니다.'

이때 팔에 수건을 갖고 있던 하인이, 마치 주인의 기분 좋은 상태를 기다렸다는 듯이 몸을 움직였다. 돈 베니또가 준비되었음을 알리자, 하인은 그를 등나무 안락의자에 앉히고 손님의 편의를 위해 반대편에 있는 의자 하나를 당기면서, 주인의 목을 뒤로 당겨 넥타이를 풀고 일을 시작했다.

흑인에게는 사람의 부업으로 특이하게 어울리는 것이 있다. 대부분의 흑인은 타고난 시종이나 머리를 다듬는 사람들이다. 캐스터네츠[48]를 다루는 것과 마찬가지로 기분 좋게 빗과 솔을 다루며, 분명 만족할 만한 상태로 직업을 번창시킨다. 또한 이 일을 하는 데 있어서 그들에게는 보기에도 특이하게 기분 좋으며, 그 태도에 있어서 우아하고, 놀라울 정도로 소리 없이 굴러가는 듯한 민첩성을 지닌 부드러운 기술이 있다. 따라서 다루어지는 대상은 더욱

---

[48] 상아 또는 단단한 나무로 만들며 두 손에 한 개씩 손가락에 끼고서 부딪쳐 소리를 낸다.

그렇다. 무엇보다 유머에 대단한 재능이 있다. 단지 여기서는 단순히 씩 웃는 웃음이나 일반적인 웃음만을 의미하는 것이 아니다. 그러한 것은 어울리지 않는다. 그러나 신이 모든 흑인을 그런 유쾌함에 맞추어 놓은 듯이, 모든 눈길이나 몸짓에는 조화가 깃든 편안함을 주는 쾌활함이 있다.

절제된 겸손한 만족에서 나오는 유순함과 분명 열등한 사람들에게 이따금 타고나는 유순한 애정이 담긴 민감성이 이런 것에 더해질 때, 사람들은 왜 존슨이나 바이론 같은 우울증 환자들이 ─ 아마 우울증 환자인 돈 베니또의 어떤 것처럼 ─ 백인을 제외하고, 그들을 시중드는 사람으로서, 흑인을 소중하게 받아들이는가 하는 점을 쉽게 깨닫는다. 그러나 만약 흑인에게 우울함, 즉 냉소적인 마음의 고통을 주는 침울함을 벗어나게 하는 점이 있다면, 가장 호감을 주는 면에서, 자비로운 사람에게는 어떻게 보여야 하는가? 외형적인 면과 관련해서, 편안할 때, 데라노 선장의 본성은 인자할 뿐만 아니라 친절하고 재미있는 듯했다. 그는 집에서, 종종, 일을 할 때나 놀이를 할 때, 문에 앉아 어떤 자유로운 흑인을 바라보는 데서 특이한 만족을 얻었다. 만일 그가 항해할 때, 흑인 수부를 볼 기회가 있다면 틀림없이 그와 이야기를 하거나 재미있는 관계를 유지했다. 사실, 선량하고 유쾌한 마음을 지닌 대부분의 사람처럼, 데라노 선장은 다른 사람들이 뉴펀들랜드 개[49]를 받아들이

듯이, 흑인을 박애주의적인 관점에서가 아니라 호감을 가지고 받아들이고 있다. 지금까지 그가 그 *산 도미니크호*에서 발견한 상황 때문에 그런 성향의 마음을 억제했다. 그러나 커디에서 그는 이전에 불안함으로부터 벗어났고, 여러 이유 때문에, 그날 어떤 시간보다 기분이 좋아서, 면도질 같은 친절한 일을 하며 팔에 수건을 들고, 주인 곁에 있는 매우 쾌활한 흑인 하인을 보았을 때, 흑인에 대한 과거의 사랑이 되살아났다.

그는 다른 것 중에서도 흑인이 깃발 상자에 있는 모든 깃발 중에서 커다란 깃발 하나를 아무렇게나 꺼내, 그것을 치마 대용으로 주인의 턱 아래 조심성 없이 밀어 넣는 데서, 아프리카 사람이 밝은 색과 멋진 외형을 좋아하는 특이한 예를 보고 즐거워했다.

스페인 사람들이 면도를 하는 모습은 다른 국민이 하는 것과 조금 다르다. 그들은 특별히 이발사의 대야로 불리는 대야를 가지고 있다. 그것은 한쪽이 턱을 정확하게 받치도록 국자모양으로 되었다. 비누 거품을 칠할 때 그것을 턱 가까이 댄다. 턱은 솔이 아니라 대야의 물에 담긴 비누로 얼굴을 비빈다.

현재의 경우는 보다 나은 것이 없어 소금물을 대신 이용했다. 그

---

49) 대형의 검은 개. 선조는 확실하지 않으나 유럽으로부터 캐나다뉴펀들랜드 섬에 이주한 이주민들이 데리고 온 것은 확실하다. 지금도 뉴펀들랜드 섬에서는 짐을 나르거나 수레를 끄는 개로서 사용되고 있다. 어깨높이 66~71cm, 몸무게 50~60kg이다. 육지나 물에서 별 어려움을 느끼지 않고 일한다.

리고 거품이 칠해진 부분들은 단지 윗입술과 목 아래 부분이며, 나머지 모든 부분은 기른 수염이 있었다.

준비과정이 다소 신기해서, 데라노 선장은 앉아서 그들을 호기심 있게 바라보았다. 그래서 그는 말이 없었고, 현재 돈 베니또도 어떤 이야기를 새롭게 할 것 같지 않았다.

흑인은 대야를 내려놓고 가장 잘 드는 면도날을 찾는 듯했다. 그는 그것을 찾아 펼친 손바닥의 단단하고 부드러우며 살찐 피부에 얹어놓고 익숙하게 날을 갈아 세웠다. 그리고 그는 마치 일을 시작하려는 듯이, 몸을 움직였으나 중간에 잠시 멈춰 한 손으로는 면도칼을 올리고, 다른 손으로는 스페인 사람의 여윈 목 위에 거품이 일고 있는 비눗물을 익숙하게 문질렀다. 가까이에서 번쩍이는 쇠에 영향을 받은 듯한, 돈 베니또는 초조하게 떨었다. 그의 평소의 두려운 기색은 거품칠로 더욱 커졌다. 거품은 흑인 신체의 검정색과 대조를 이루어 더욱 강렬했다. 전체적으로 그 광경은, 특이해서, 최소한, 선장에게 그러해서, 두 사람이 그런 자세를 취한 것을 보았을 때, 흑인에게는 주인의 모습을, 백인에게는 도마에 있는 어떤 사람의 모습을 보았다는 예상 밖의 생각을 지울 수 없었다. 그러나 이것은 순간 나타났다 없어지는 옛날의 기상천외한 것 중의 하나로, 가장 절제된 마음을 지닌 사람도 그런 것으로부터 반드시 자유로운 것은 아니다.

한편 스페인 사람이 흥분해서, 깃발이 몸에서 풀려, 한 타래의 넓은 주름이 마치 커튼처럼 안락의자를 스치며 바닥에 떨어져, 풍부한 문장의 가로줄과 바탕색 – 검정, 청색, 노란색 – 중에서 흰색의 포효하는 사자와 대각선을 이룬 피로 물든 전쟁터의 문이 잠긴 성을 드러냈다.

'성과 사자' '돈 베니또, 자, 여기에서 사용하시는 것은 스페인 깃발이군요'라고 데라노 선장이 외쳤다. '이를 보는 것은 왕이 아니라 나 혼자니까 괜찮습니다.' '그러나' '제 생각으로 모두가 하나입니다. 그래서 색이 화려하지요'라고 미소를 지으며, 그는 흑인 쪽을 향해 말을 이었다. 그러한 유쾌한 말이 흑인을 분명히 조금 고무시켰다.

그는 '자, 주인님'이라고 말하며 기(旗)를 다시 정리하고, 그의 머리를 의자의 살 사이로 부드럽게 뒤로 제쳐 눌렀다. '자, 주인님'이라고 말을 하고 면도칼을 목 가까이에 댔다.

다시 돈 베니또는 졸도할 듯이 떨었다.

'주인님, 그렇게 흔들지 마셔야 합니다. 보세요, 돈 아마사, 주인님은 제가 면도할 때, 항상 흔들지요. 그러나 사실 주인께서는 그렇게 흔든다고 할지라도, 아직 저는 피를 낸 일이 없습니다. 자, 주인님, 최근에 말입니다'라고 그는 말을 계속했다. '돈 아마사, 지금 돌풍에 대한 선생님의 이야기를 계속하시지요. 그러면 주인님께서

는 모든 것을 경청하실 깃이고, 간간이 대답하실 것입니다.'

'아하, 맞아, 이런 돌풍들, 그러나 돈 베니또, 당신의 항해에 대해 생각하면 할수록, 나는 아주 끔찍했음에 틀림없는 돌풍에 대해서가 아니라, 그 후에 재앙이나 다름없는 시간 간격이 의아스럽습니다. 당신의 설명으로는, 이곳 케이프 혼에서 세인트 마리아까지 가는 데 두 달 이상이 걸렸군요. 그 거리는 내 경우에, 바람만 좋으면 며칠이면 항해했던 거리지요. 사실 당신이 항해하실 때, 바람이 불지 않았고 그것도 길었군요. 그러나 두 달 동안 바람이 불지 않는다는 것은, 적어도, 별난 일이지요. 돈 베니또, 어떤 신사가 나에게 그런 이야기를 했다면, 나는 반은 믿지 못했을 것입니다.'

여기에서 스페인 사람은 갑판에서 바로 전에 띠었던 표정과 비슷한 내키지 않은 표정을 보였다. 그가 갑자기 놀랐기 때문이었든지 혹은 잔잔한 가운데 선체의 갑작스러운 얼빠진 듯한 흔들림 때문이었든지 혹은 하인이 순간적으로 손을 불안정하게 했기 때문이었든지, 바로 그 순간 면도날이 피를 내어 핏방울이 그의 목 아래 크림색 거품을 얼룩지게 했다. 즉시, 흑인 이발사는 면도칼을 빼고, 직업적인 태도로, 데라노의 등 뒤에서, 그의 얼굴을 바라보고 핏방울이 떨어지는 면도칼을 들고, 반은 유머가 섞인 듯한 슬픈 어조로 '보세요, 주인님, 그렇게 흔드시니까 – 바보가 처음으로 피를 내게 했습니다'라고 말했다.

영국 최초의 왕인 제임스 앞에 내민 어떤 칼, 즉 소심한 왕 앞에서 어떤 암살도 돈 베니또가 지금 보여주는 것보다 겁에 질린 모습을 보다 잘 드러낼 수는 없었을 것이다.

데라노 선장은 그를 불쌍한 사람이라고 생각했다. 그래서 그는 신경이 쓰여, 이발사의 피의 광경을 볼 수 없었다. 자제력을 잃고 병든 상태로, 자신의 적은 양의 피 한 방울조차 볼 수 없는 그가, 나의 모든 피를 흘리게 할 의도를 가지고 있다고 상상을 한다는 것을 믿을 수 있는 일인가? 분명, 아마사 데라노, 당신은 오늘 정신이 나갔다. 미련한 아마사, 당신이 고국에 도착할 때, 그것을 말하지 말아요. 자, 자, 그는 살인자처럼 보이지요, 그렇지 않아요? 자신이 더욱 살인을 할 사람처럼 보이는데요. 자, 자, 오늘 경험은 좋은 교훈이 될 것이다.

한편, 이런 일이 정직한 뱃사람의 마음을 스치는 동안, 하인은 팔에서 수건을 들고 돈 베니또에게 가서 '그러나 주인님, 제가 면도칼에 이 더러운 것을 닦고 그것을 다시 가죽숫돌에 가는 동안, 돈 아마사에게 대답하세요.'

그가 그 말을 했을 때, 그는 스페인 사람이나 미국인에게 똑같이 눈에 띄게 하기 위해서 얼굴을 반은 돌리고 있었다. 그는 그런 표정으로 주인이 계속 대화를 하도록 해서, 방금 일어난 고통스러운 사건으로부터 주의를 상당히 돌리고 싶어 하는 암시를 하는 듯

했다. 돈 베니또는 뜻밖에 안심을 얻어 기쁜 듯이, 데라노 선장에
게 다시 이야기를 했다. 그것은 유별나게 지속된 잔잔한 파도뿐만
아니라, 배가 거센 급류에 말려들었던 점과 몇 가지를 덧붙였다.
그들 중의 몇 가지는, 단지 이전에 이야기한 것에 대한 반복으로,
어떻게 해서 케이프 혼에서 세인트 마리아까지 항해가 지나칠 정
도로 그렇게 오랜 시간이 걸리게 되었는지를 설명하는 것이었다.
그리고 흑인의 전체적인 착한 행위에 대해서, 전보다 질이 떨어지
는 일시적인 칭찬의 말을 이따금 섞었다. 하인이 편리한 시간에
따라 면도칼을 사용할 때, 이런 세부적인 것에 대해서는 계속적으
로 이야기하지 않았다. 그래서 면도를 하지 않는 사이에, 그 이야
기와 찬사는 평소보다 쉰 목소리로 계속되었다.

　데라노 선장의 상상으로, 휴식에서 완전히 그렇지는 않지만, 현
재 또다시, 하인의 음산한 침묵에는 분명 상호 호혜적인 공허함과
함께 스페인 사람의 태도에도 그런 공허함이 깃들어 있었다. 그래
서 그것은 주인과 하인이 알려지지 않은 목적으로, 둘이서 말이나
행동으로 그 앞에서 연극을 벌여 베니또를 몹시 공포로 떨게 하는
요술을 부리고 있다는 생각이 스쳤다. 앞서 이야기한 소곤거리며,
상담한 사실로 볼 때, 공모의 의심에 대한 확신이 부족하지 않았
다. 그러나 그러면 그의 앞에서 이발사가 이런 연극을 하는 목적
은 무엇일까? 마침내 데라노 선장은 그것을 여러 기장을 두른 돈

베니또의 극적인 모습이 무의식적으로 드러낸 변덕으로 받아들이며 재빨리 그것을 떨쳐버렸다.

면도가 끝나자, 하인은 작은 향수병을 흔들어 머리에 몇 방울을 떨어뜨리고 부지런히 비볐다. 심한 움직임 때문에, 그의 얼굴 근육이 다소 이상하게 움씰거렸다.

그의 다음 일은 빗이나 가위, 솔을 가지고 하는 것이었다. 그는 빙빙 돌면서, 여기에 굽은 것을 부드럽게 하고, 저기에 제멋대로 난 옆 머리털을 자르고, 주인에 대한 하인의 자세를 보이면서, 다른 즉석 손질과 함께 관자놀이 머리털을 우아하게 쓸어내렸다. 한편 돈 베니또는 이발사의 손안에 있는 어느 퇴직한 신사처럼, 그가 과거에 면도질을 참아냈던 것보다 아주 불편하게 모든 것을 견디었다. 정말로, 그는 지금 그렇게 창백하게 굳은 채 앉아 있었기 때문에, 흑인은 백인 조상(彫像)의 머리를 마무리 손질을 하는 뉴비아[50]의 조각가인 듯했다.

마침내 모든 것이 끝나자 스페인 깃발은 벗겨져 밑에 떨어져 깃발함 속으로 던져졌다. 흑인은 따뜻한 호흡으로 주인의 목 아래 남아 있을 수 있는 머리카락을 날렸고, 칼라와 넥타이를 다시 바로잡고, 우단이 접힌 곳에 보푸라기를 털었다. 이 모든 것이 끝났

---

50) 고대 아프리카 북동부에 있었던 지명.

다. 하인은 뒤로 약간 물러서, 억제된 자기만족의 표정을 띠고, 마치 세면소에서 최소한 능숙한 일꾼 중에서 가장 일을 잘하는 사람처럼 주인을 잠시 살폈다.

데라노 선장은 그가 한 일에 대해 기분 좋게 칭찬했다. 동시에 돈 베니또에게도 축하의 말을 했다.

그러나 좋은 물도 샴푸도 충성심도, 그리고 사교성도 스페인 사람을 기쁘게 하지는 못했다. 데라노 선장은 베니또 선장이 우울함에 빠져 조용히 앉아 있는 것을 보고, 바로 그 순간에 그가 달갑지 않게 여겨진다고 생각하며, 전에 자신이 앞서 이야기했던 대로 바람이 불 기미가 있는지를 알아본다는 구실로 자리를 떠났다.

그는 주돛대가 있는 쪽으로 걸어가면서, 그 장면에 대해 잠시 서서 생각을 하고 있었다. 분명 잘못 들은 것도 아니지만, 그때 커디 부근에서 떠드는 소리가 들렸다. 그래서 몸을 돌리자, 손을 뺨에 대고 있는 흑인을 보았다. 앞서 가던 데라노 선장은 그의 뺨에서 피가 흐르는 것을 보았다. 그가 원인을 물으려 했을 때, 흑인의 울부짖으며 혼자 지껄이는 말이 그를 고무시켰다.

'아하, 주인님이 병에서 언제 회복될까. 단지 까다로운 병이 가져온 우울한 마음 때문에 그가 바보를 그렇게 대했구나. 단지 우연히 바보가 주인을 약간 긁은 것 때문에, 면도칼로 바보를 베게 한 것, 그렇게 많은 날 중에서, 처음으로 아하, 아하, 아하'라고 그는 손을 얼굴에 대고 말했다.

데라노 선장은 그것이 가능한지 생각해보았다. 돈 베니또가 침울한 태도로 나를 물러나게 한 것은, 불쌍한 이 친구에 대해 스페인 사람의 방식으로 원한을 은밀히 갚는 것이었나? 아하, 이 노예 신분이 인간의 추한 정열을 키우는구나 – 불쌍한 사람!

그가 그 흑인에게 동정의 말을 하려고 했다. 그러나 그는 다소 꺼리며, 다시 커디로 들어갔다.

곧 주인과 하인이 앞으로 나왔다. 돈 베니또는 아무 일도 일어나지 않은 것처럼, 하인의 팔에 기대 있었다.

그러나 결국 데라노 선장은 일종의 사랑싸움이라고 생각했다.

그는 돈 베니또에게 말을 걸면서 다가섰다. 그들은 천천히 함께 걸었다. 그들이 몇 발짝을 옮겼을 때, 서너 개의 마드라스[51] 손수건으로 머리를 층층이 둘러매어 탑과 같은 모양의 터번모자[52]를 쓴 인상이 돋보이는 키가 큰 추장과 같은 한 혼혈 승무원이 회교도식으로 절을 하며 접근해서 선실에서의 점심을 알렸다.

그들이 저편으로 가는 도중에 혼혈아가 두 선장을 앞서고 있었다. 그는 가면서 몸을 돌려 계속 미소를 짓고 절을 하며, 그들을

---

51) 인디언 마드라스라고도 한다. 가볍고 아름다운 평직 무명인데, 보통 줄무늬로 된 것이 많고 체크(check) 무늬로 된 것도 있다. 이것은 처음에 뱃사람 머리에 쓰는 천으로 사용되었기 때문에 유래된 명칭이다.

52) 이슬람교도나 인도인이 머리에 둘러 감는 수건.

줄곧 안내하는 우아한 모습을 보였다. 그런데 그의 우아한 행동은 열등감을 의식한 듯이, 우아한 안내자를 곁눈질하는 키가 작은 대머리 바보 존재의 하찮음을 여실히 드러냈다. 그러나 부분적으로, 데라노 선장은 그의 질투 어린 눈길은 순수 아프리카인이 혼혈종에 대해 즐기는 특이한 감정 때문이라고 생각했다. 그는 안내자로, 대단한 위엄이나 자존심을 보인 것은 아니지만, 기독교적이며 체스터필드[53]풍에서처럼 이중적 장점, 즉 기쁨을 주려는 극단적인 욕망을 드러냈다.

데라노 선장은 혼혈인의 안색은 혼합종인 데 반해, 골상은 유럽 사람이었던 – 고전적으로 그렇게 된 – 점을 흥미 있게 관찰했다.

'돈 베니또,' '나는 당신의 황금지팡이와 같은 이런 안내자를 보는 것이 즐겁습니다. 그 광경은 바베이도스 섬[54]의 어떤 농장 주인이 나에게 한때 한 좋지 않은 말, 혼혈아가 정상적인 유럽 사람의 얼굴을 지녔을 때, 그를 조심하세요. 그는 악마입니다라는 말을 반박하게 하는군요. 그러나 보세요. 여기 당신의 안내자는 영국의 조지 왕의 얼굴보다 더 정상적인 용모를 가지고 있습니다. 더욱이 그는 목례도 하고 절도 하고 미소를 짓습니다. 진정, 왕 –

---

53) 19세기 중엽 영국의 백작.

54) 미국의 수도 워싱턴 포토맥 강(江)에 있다. 미국 제26대 대통령 시어도어 루스벨트를 기리고 시어도어 루스벨트협회를 위해 1932년 5월 21일 국립기념지로 지정되었다.

친절하고 정중한 국민의 왕. 그는 또한 얼마나 유쾌한 목소리를 지니고 있습니까?'라고 그는 속삭였다.

'선생님, 그는 좋은 목소리를 가지고 있습니다.'

'그러나 제게 말씀해보세요. 당신이 그를 알고 있는 한, 그가 항상 선량하고 가치가 있는 사람으로 입증이 되었나요?' '자, 방금 전에 말한 이유 때문에, 저는 몹시 알고 싶습니다'라고 데라노 선장은 안내자가 마지막 존경의 태도로 무릎을 구부리며 선실로 사라질 때, 잠시 멈추며 말을 했다.

'프란세스꼬는 착한 사람입니다'라고 그는 비난도 아첨도 하지 않는 이해가 느린 사람처럼 꾸물대며 답했다.

'아하, 저도 그렇게 생각했습니다. 만약에 우리의 적은 양의 피가 아프리카 사람의 피와 섞인다면, 그것은 후자의 피의 질을 개선시키기는커녕, 황산을 검은 수프에 붓는 슬픈 결과를 갖는 것은, 우리 백인에게 정말로 이상하고, 아주 믿을 수 없는 일이지요. 비록 색깔은 나아 보일지 모르지만, 건강상태를 좋게 하지는 못하지요.'

'의심할 바 없습니다. 의심할 바 없어요. 선생님, 그러나' 그는 바보를 바라보면서, '흑인에 대해서는 말할 것 없고, 당신 농장 주인의 말은 우리 지방에 스페인 사람과 인디언 혼혈인들에게 맞는다는 것을 들어본 일이 있습니다'라고 힘없이 덧붙였다.

그리고 그들은 이 말을 하고 선실로 들어갔다.

점심은 간단했나. 데리노 선장의 것은 신선한 고기와 호박, 비스킷, 염분이 있는 소고기, 보관된 사이다, 그리고 *산 도미니크호*에 마지막 남은 카나리아[55] 술이었다.

그들이 들어서자, 프란세스꼬는 두세 명의 흑인 보조원을 데리고 마지막 정리를 하면서 탁자 주변을 둘러보았다. 그들은 주인을 보자 물러났다. 프란세스꼬는 미소를 지으며 절을 했다. 스페인 사람은 그것을 알았다는 응답도 없이 그에게 융숭한 접대를 즐기지 않았다는 점을 신경질적으로 말하며 물러났다.

주인과 손님은 아무 대화도 없이 결혼을 해서 아이가 없는 부부처럼 탁자 맞은편 끝에 앉아 있었다. 돈 베니또는 데라노 선장에게 그의 자리로 오라고 했고, 그가 비록 몸이 약하다고 할지라도 신사분이 그 앞에 앉아야 한다고 주장했다.

그 흑인은 돈 베니또의 발아래 깔개를 놓았고, 등 뒤에는 방석을 놓았다. 흑인은 주인의 의자 뒤에 서 있는 것이 아니라, 데라노 선장의 의자 뒤에 서 있었다. 처음에 데라노 선장은 이것 때문에 약간 놀랐다. 그러나 그것은 흑인이 자리를 잡는 데, 주인에게 여전히 진실했음이 분명했다. 그는 그를 쳐다봄으로써, 그가 조금이라도 원하는 것을 아주 쉽게 예상할 수 있었기 때문이었다.

---

55) 아프리카 북서부 대서양에 있는 에스파냐령 카나리아제도의 술.

'돈 베니또, 이 사람은 유별나게 머리가 좋은 부하군요'라고 탁자 맞은편에 앉은 데라노 선장은 속삭였다.

'선생님, 지당한 말씀이십니다.'

식사 동안에 손님은 이것저것, 더 많은 세부적인 것을 요구하면서, 다시 돈 베니또의 이야기로 되돌아갔다. 그는 어떻게 그런 괴질과 열병으로 흑인의 반이 안 되는 수가 죽었으며, 백인에게 그렇게 커다란 재앙이 될 수 있었는지에 대해서 물어보았다. 이 질문은 마치 그의 주변에 그렇게 많은 친구들과 장교들을 데리고 있기 전, 선실에서 그의 고독을 불행하게 상기시키며, 스페인 사람의 눈앞에 모든 재앙 장면을 재현시키듯이, 그의 손은 흔들렸고, 얼굴은 창백해져 알 수 없는 말이 나왔다. 그러나 과거의 생생한 기억은 방금 정신 나간 공포로 바뀌는 듯했다. 그는 겁에 질린 듯한 눈으로 앞을 멍하니 응시했다. 그를 향해서 카나리아 술병을 밀어놓는 하인의 손을 제외하고는 아무것도 볼 수 없었기 때문이었다. 마침내 그를 기운을 차리게 하기 위해 소량의 술이 제공되었다. 그는 다른 병보다 어떤 질병에 보다 저항력을 지닌 다른 신체구조를 지닌 인종들에 관해서 닥치는 대로 이야기했다. 그의 생각은 동료에게 새로운 것이었다.

새로운 돛이나 그런 종류의 문제와 관련해서 - 주인에게 무거운 책임을 느꼈고 - 특히, 주인을 위해서 그가 맡았던 특이한 일을 말하려 했고, 그리고 개인적으로도 그런 일을 좋아하던 데라노 선장은, 돈 베니또가 하인의 시중을 받지 않고도 몇 분은 견딜 수 있다고 생각하며, 곧 하인이 물러가기를 원했다. 그러나 대화가 진행되었기 때문에, 그는 돈 베니또가 자극을 받지 않고, 적절한 조치를 할 것이라고 생각하며 잠시 기다렸다.

그러나 상황은 달랐다. 마침내, 데라노 선장은 주인을 보면서 엄지손가락을 약간 뒤로 젖히며 '돈 베니또, 죄송합니다만, 제가 할 이야기를 말씀드리는 데 방해되는 것이 있습니다'라고 속삭였다.

여기에서 스페인 사람은 안색을 바꿨다. 그런데 그것은 하인에 대한 생각 때문인 듯이, 암시에 화를 내는 것으로 보였다. 잠시 후에, 그는 손님에게 흑인이 그들과 남아 있는 것은 나쁠 것이 없다는 확신을 주었다. 이는 고급 승무원들을 잃은 후에, 그가 바보(그의 본래 임무는 지금 보이듯이 노예의 두목이었다)를 그의 변함없는 보조자와 동료로서 뿐만 아니라 모든 문제에서 그의 심복으로 삼아 왔기 때문이라는 것이다.

이후에 그는 더 이상 아무 것에 대해서도 이야기하지 않았다. 하지만 진정 데라노 선장은 그처럼 확실한 도움을 주려고 하는 사람의 대단치 않은 요청마저 충족되지 않아서, 분노를 참을 수 없었다. 그러나 그는 그것은 불평이었다고 생각했다. 그는 잔을 채우고 임무에 대하여 이야기했다.

돛 가격과 다른 문제는 해결되었다. 그러나 이 일이 진행되는 동안, 미국인은 비록 도움에 대한 본래의 제안은 매우 환영받았지만, 그것이 거래 문제에 이르렀을 때는 무관심과 냉담함이 드러났음을 알았다. 돈 베니또는 사실상 자신과 그의 항해에 중요한 이익이 관련된 어떤 인상적인 것에 대해서보다, 일반적인 예모에 대해서 더욱 세부적인 것을 들으려는 데, 열심인 듯했다.

곧 그의 태도는 더욱 말이 없어졌다. 그를 사회적인 이야기로 끌어들이려는 노력은 허사였다. 그는 침울함으로 기분이 상한 채, 수염을 씰룩이며 앉아 있었다. 한편 거의 목적도 없이, 벙어리나 다름없이 잠자코 있던 하인의 손이 카나리아 술병으로 서서히 다가갔다.

점심이 끝나자, 그들은 방석처럼 된 고물보56)에 앉았다. 하인은 주인 뒤에 베개를 놓았다. 오랫동안 파도가 계속 일지 않은 것이 지금의 분위기에 영향을 주었다. 돈 베니또는 숨을 쉬기 위한 듯이 느릿느릿 한숨을 쉬었다.

'커디에 머무르시지요?' '그곳이 실바람을 더 많이 받습니다'라고 데라노 선장이 말했다. 그러나 주인은 꼼짝 않고 잠자코 있었다.

한편, 하인은 그 앞에서 커다란 깃털 부채를 들고 무릎을 꿇고

---

56) 선미(船尾)의 가로대.

있었다. 그리고 발뒤꿈치를 들고 들어오던 프란세스꼬는 흑인에게 향기가 나는 소량의 물을 건네주었다. 그는 이따금, 물로 주인의 이마를 비볐다. 마치 간호원이 어린아이에게 하듯이, 그의 머리카락을 관자놀이를 따라 부드럽게 비볐다. 그는 한마디도 하지 않았다. 그는 마치 고통을 겪고 있는 돈 베니또를 충성스럽게 말없이 바라봄으로써, 그에게 조금이라도 원기를 돋우려는 듯했다.

곧 배의 종이 두 시를 울렸고, 배의 창문을 통해서 바다의 잔잔한 파도가 원하는 방향에서 일기 시작하는 것을 느꼈다.

'자, 제가 당신에게 그렇게 말했지요, 돈 베니또 보세요!'라고 데라노 선장이 외쳤다.

그는 그의 동료를 더욱 자극하기 위해서, 매우 의기양양하게 말하며 벌떡 일어났다. 그러나 그 순간, 그 가까이 있던 고물 창문의 분홍색 커튼이 창백한 뺨을 세차게 스쳤다. 그러나 돈 베니또는 파도가 잔잔한 것보다, 바람이 부는 것을 덜 반가워하는 듯했다.

불쌍한 사람, 제비 한 마리가 왔다고 여름이 아닌 것처럼, 한 번의 파도가 배를 움직일 만한 바람을 내지 못한다는 것을 씁쓸한 경험이 그에게 가르쳐 주었다고 생각했다. 그러나 그는 분명 잘못이다. 내가 그를 대신해서, 배를 부리고 그것을 보여줄 것이라고 생각했다.

그는 주인의 건강 상태가 좋지 않음을 암시하며, 그(데라노 선장)가 기쁘게 바람을 최대한 이용할 책임을 질 것이기 때문에, 주인은 있는 곳에 가만히 있으라고 말했다.

데라노 선장은 갑판을 오르면서, 마치 이집트인의 무덤 입구를 지키는 검은 대리석으로 된 조각 문지기 중의 한 사람처럼, 문지방에 기념비와 같이 꼼짝 않고 있는 아뚜팔이라는 예상치 않은 존재를 보았다.

그러나 이번에 놀라움은 순전히 신체적인 점 때문이었던 것 같다. 침울함에서조차 유순함을 분명 보여주는 아뚜팔 존재는 부지런함을 실질적으로 보여주는 도끼를 닦는 사람들의 그것과 대조를 이루었다. 두 광경은 아무리 돈 베니또의 전반적인 권위가 엄격하지 않다고 할지라도, 그가 권위를 발휘하려고 하면 언제든지, 야만적이고 거대한 사람이라도 어쨌든 복종해야만 한다는 것을 보여주었다.

데라노 선장은 현장에 걸려 있는 트럼펫을 잡아보고, 한가로운 발걸음으로 선미 끝으로 걸어가서 그가 가장 잘 아는 스페인말로 명령을 내렸다. 몇 명의 수부와 많은 흑인들은 모두 하나같이 기뻐하며, 명령에 따라 뱃머리를 항구 쪽으로 돌렸다.

한편 데라노 선장은 보조돛을 올리라는 지시를 내리면서, 갑자기 그의 명령을 충실히 따라 부르는 소리를 들었다. 몸을 돌리자 그는 그때 수로 안내인의 지시를 받아 노예 두목의 역할을 하는 바보를 보았다. 이 도움은 값진 일이었다. 찢어진 돛과 접힌 활대가 곧 정리되었다. 아딧줄[57]이나 마룻줄[58]이 고무된 흑인들의 유쾌한 노래에 맞추어 당겨졌으나 당겨지지는 않았다.

'착한 사람들이군. 조금만 훈련한다면, 그들은 훌륭한 수부가 될 텐데'라고 데라노 선장은 생각했다. '자 보세요. 바로 여자들도 노래를 부르면서 줄을 당기는군. 나는 이 사람들이 그런 훌륭한 군인들을 만드는 몇 녕의 아샨티 흑인 여성임에 틀림이 없다고 들었다. 그러나 누가 배의 키잡이지. 좋은 일꾼을 그곳에 두어야 하는데'

그는 알아보기 위해서 갔다.

*산 도미니크*호는 커다란 수평 도르래 장치가 부착된 거추장스러워 보이는 키의 손잡이로 운행되고 있었다. 각 도르래 끝에는 한 부하 흑인이 서 있었고, 그들 사이에 책임이 있는 자리인 키의 손잡이 앞머리에는, 바람이 불 것에 대한 확신과 막연한 희망 속에서 얼굴을 쭉 내밀고 있는 한 스페인 수부가 서 있었다.

그는 양묘기에서 그토록 수치스러운 얼굴 표정을 지니고 행동했던 바로 그 사람으로 드러났다.

'아하, 바로 자네' '자 이제 더 이상 양(羊)의 눈이 아니군. 앞똑바로 쳐다보고, 배 똑바로 몰아. 훌륭한 수부로군. 내가 믿지 않

---

57) 바람의 방향을 맞추기 위하여 돛을 매어 쓰는 줄.

58) 마룻줄(돛, 기 따위를 올리고 내림).

느냐? 항구로 들어가고 싶지?'라고 데라노 선장이 외쳤다.

그는 키의 손잡이 앞부분을 꽉 잡고 속으로 낄낄거리며 동의했다. 이에 대해 미국인은 알아차리지 못했는데, 두 흑인은 의도적으로 그 수부를 쳐다보았다.

키의 손잡이가 제대로 된 것을 알아낸 유도병은 선수루 쪽으로 가서 그곳에 문제가 어떻게 되었는지를 알아보았다.

배는 이제 물살의 흐름에 닿을 정도로 충분히 나아갔다. 저녁이 되면서 바람은 분명히 강하게 불 것이다.

현재 필요한 모든 일이 행해졌기 때문에, 수병들에게 마지막 명령을 내리면서, 데라노 선장은 선장실에 있는 돈 베니또에게 상황을 알리기 위해 고물 쪽으로 몸을 돌렸다. 더욱이 그는 하인이 갑판 위에 있는 동안, 잠시 개인적인 잡담을 하려는 마음으로 다시 그를 만나고 싶어했다.

반대편 선미 아래는 선실에 이르는 두 개의 방법이 있다. 하나는 나머지보다 훨씬 앞에 있고, 결국은 더 긴 통로와 연결되었다. 하인이 여전히 위에 있는 것을 보고서, 데라노 선장은 가장 가까운 입구 – 최근에 이름이 지어진 장소인 아뚜팔이 서 있는 입구 – 를 택해 걸음을 재촉해서 마침내 선장실 문지방에 이르렀다. 그는 잠시 멈추어 열정으로 타오르는 마음을 가다듬었다. 그리고 그는 의도했던 일을 말하면서 안으로 들어갔다. 그가 앉아 있던 스페인 사람 쪽으로 다가갔을 때, 그는 자신의 발걸음 소리와 함께 다른 발걸음 소리를 들었다. 문 반대편에는 손에 쟁반을 든 하인이 또한 오고 있었다.

'지겹게도 충실한 녀석, 얼마나 약이 오르는 우연의 일치인가'라고 데라노 선장은 생각했다.

아마도 그가 약이 오르는 것은 바람에 의해 고무된 상쾌한 자신감이 아니면, 다른 어떤 것이었을 것이다. 그러나 상황이 그렇다고 할지라도, 그는 마음속으로 갑작스럽게 끊임없이 바보를 아뚜팔과 연상시키면서 마음에 가벼운 고통을 느꼈다.

'돈 베니또, 제가 당신을 기쁘게 해 드리지요. 바람은 계속 불고 더욱 거세질 것입니다. 그것은 그렇고, 당신의 키가 큰 부하로 시계처럼 정확한 아뚜팔이 밖에 서 있습니다. 물론 당신의 명령 때문이지요?'

돈 베니또는 분명히 교양 있는 그런 능숙한 미사여구로 전해진 다소 부드러운 냉소적인 말에 대꾸할 구실을 주지 않기 위해서인 듯이, 그 말에 움츠렸다.

그는 산 채로 벗겨진 사람과 같아서, 데라노 선장은 그를 움츠러들지 않게 하고, 그와 접근할 수 있는 부분이 어디인가를 생각했다.

하인은 주인 앞에서 몸을 움직여 방석을 바로 놓았다. 다시 정중해진 스페인 사람은 '당신이 옳습니다. 노예는 나의 명령에 따라서, 당신이 그를 보았던 곳에 나타나지요. 주어진 시간에 내가 아래 있으면, 그는 서서 내가 오기를 기다립니다.'

'아, 죄송합니다만, 그것은 정말로 전에 왕과 같은 불쌍한 사람을 취급하는 일이군요. 아, 돈 베니또,' '어떤 일에서, 당신이 허락하신 승낙에도 불구하고, 저는 당신이 진실로 지독하게 엄격한 주인이 아닌가 생각합니다'라고 데라노 선장은 미소를 지으며 말했다.

다시 돈 베니또는 움츠러들었다. 선량한 수부가 생각했듯이, 이번에는 그가 진정 양심의 가책으로부터 그러한 듯했다.

다시 대화가 멈추었다. 멍하니 데라노 선장은 바다를 조용히 가르는 용골의 현재 움직임에 관심을 기울였다. 돈 베니또는 눈에 빛을 잃은 채, 몇 마디 말을 하고 침묵을 지켰다.

이윽고 바람이 서서히 일어 항구 쪽으로 바로 불어, *산 도미니크호*를 빨리 가게 했다. 멀리서 육지의 한 지점을 돌던 바다표범잡이 배가 선명하게 시야에 들어왔다.

한편, 데라노 선장은 다시 갑판으로 가서 얼마 동안 그곳에 있었다. 그는 마침내 암초에서 멀리 떨어져 정박을 할 정도로 배의 방향을 바꾸게 한 후에 잠시 아래로 되돌아갔다.

그는 내가 이번에는 불쌍한 친구에게 기운을 내주어야지라고 생각했다.

'돈 베니또, 상황이 점점 좋아져, 최소한 조금만 있으면, 당신의 걱정은 곧 끝날 것입니다. 이는 오랜 슬픈 항해 후, 당신이 알다시피, 닻이 항구에 내리질 때, 모든 끔찍한 걱정은 선장님의 마음으로부터 제거된 듯할 것이기 때문입니다. 일이 아주 척척 진행되고 있습니다. 돈 베니또. 나의 배가 보이는군요. 돛을 높이 세우고! 여기에 이 현창[59]을 통해서 보세요. 배가 있습니다. 아주 돛을 높이 세우고! 나의 사랑하는 친구, *배챌러스 디라이트호*. 아하, 이 바람이 정말로 힘을 내게 하는군. 자, 오늘 저녁에 저와 함께 커피나 한잔 드셔야지요. 나이 든 내 승무원이 당신에게 더없이 좋은 맛있는 훌륭한 커피를 대접할 것입니다. 돈 베니또, 어떠세요, 괜찮으시지요?'라고 그는 다시 들어가면서, 기쁘게 큰 소리로 말했다.

처음에 스페인 사람은 바다표범잡이 배에 동경하는 눈길을 보내면서, 열렬히 위쪽을 바라보았다. 한편 그의 하인은 걱정스럽게 말없이 그의 얼굴을 응시했다. 갑자기 옛날의 학질과 같은 냉기가 다시 찾아왔고, 그는 의자에 다시 주저앉아 말을 하지 않았다.

'당신은 대답을 않으시는군요. 자, 온종일 당신께서는 저의 주인이셨습니다. 환대를 한쪽으로만 받게 하시려나요?'

'저는 갈 수 없습니다'가 대답이었다.

'뭐요? 당신을 피곤케 하지 않을 것입니다. 그 배는 흔들리지

---

59) 채광과 통풍을 위하여 뱃전에 낸 창문.

않고, 가능한 한 가까이 정박할 것입니다. 그것은 갑판에서 갑판으로 걷는 것에 불과할 것입니다. 방과 방처럼 말입니다. 자, 자, 당신은 저의 청을 거절해서는 안 되십니다.'

'저는 갈 수 없습니다'라고 베니또는 단호히 반박하는 투로 거절했다.

그는 깊은 침울함과 함께 예절의 거의 마지막 외형조차 취소한 채, 손톱을 깨물며 마치 낯선 존재가 우울함에 완전히 빠져 있는 것을 방해하는 것이 짜증스러운 듯, 손님을 노려본다 싶을 정도로 바라보았다. 한편 갈라진 바닷물 소리가 창문에서 점점 꽐꽐거리며 즐겁게 들려왔다. 마치 자연은 그의 침울한 우울증을 비난하며, 그가 침울하고 그것으로 미칠 지경이 된다고 해도, 전혀 관심이 없다고 말하는 듯했다. 그것은 누구의 책임인가? 맙소사.

그러나 기분 나쁜 상태는 도움을 주는 바람이 최고에 달했을 때조차도 아주 깊어 있었다.

그에게는 전에 보여준 침울함이나 비사교성을 넘어선, 어떤 점이 있었기 때문에, 인내심이 있는 좋은 성품을 지닌 손님도 더 이상 견딜 수 없었다. 데라노 선장은 그런 행동을 이해하는 데 완전히 당황하고, 그리고 아무리 극단적이라고 할지라도, 충분히 만족될 수 있는 어떤 적절한 변명도 지니지 않은, 다시 말해서, 그 자신의 어떤 행동도 그것을 정당화할 수 없는 이상한 병이라고 생각했다. 그러자 그의 자존심이 다시 살아나기 시작했다. 자신이 침묵하게 되었다. 그러나 모든 것은 스페인 사람에게도 마찬가지인 듯했다. 그러므로 데라노 선장은 그를 내버려두고 다시 갑판으로 갔다.

그 배는 이제 바다표범잡이 배와 이 마일도 채 안 되는 거리에 있었다.

간단히 말해서, 두 배는 키잡이의 기술 덕분에 곧 이웃처럼 가까이 정박했다.

데라노 선장은 자신의 배로 돌아가기 전에, 제공해야 할 제안의 세부적인 일을 돈 베니또에게 전하려 했다. 그러나 과거처럼 새롭게 거절당할 것이 마음에 내키지 않아, 그는 *산 도미니크*호가 안전하게 정박한 것을 보았기 때문에, 환대나 업무에 대한 이야기를 더 이상하지 않고, 곧 배에서 떠나기로 했다. 그는 마음에 둔 계획을 무한정 미루고, 앞으로의 상황에 따라 행동하려 했다. 그의 보트는 그를 맞이할 준비가 되어 있었다. 그러나 주인은 여전히 밑에 머물러 있었다. 그래서 데라노 선장은 그가 교양이 부족하다면, 자신이 교양을 보여주는 것이 필요하다고 생각했다. 그는 의례적이지만, 침묵 형태의 비난이 섞인 듯한 이별이 될지 모르는 작별 인사를 하기 위해서 선장실로 내려갔다. 그러나 그가 아주 기쁘게도, 베니또는 마치 무시당한 손님이 그에게 예의가 바르지 않은 것도 아니게, 앙갚음을 했던 그런 취급에 부담을 느끼기 시작한 듯, 하인의 부축을 받고 일어나, 데라노 선장의 손을 더듬어 잡고는 떨고 있었다. 너무 흥분해서 말을 하지 못했다. 그러나 여기에서, 드러난 좋은 징조는 우울함이 더해지고 이전의 침묵이 다시 살아나면서 갑자기 무산되었다. 그는 눈을 반은 돌린 채 방석에 다시 앉았다. 그 자신의 차가운 감정이 되살아나는 것에 때를 맞춰, 데라노 선장은 인사를 하고 물러났다.

그가 선장실에서 층계로 이어지는 터널처럼 컴컴한 좁은 복도를 반쯤 가고 있었을 때, 그는 어느 감옥의 마당에서 처형 때 울리는 종소리와 같은 소리를 들었다. 그것은 지하실 천장에 매달려 지루하게 되울리며 시간을 알리는 금이 간 종소리였다. 곧, 철회할 수 없는 어떤 숙명에 의해서, 그 전조에 응한 그의 마음은 미신에 가까운 의심으로 가득 찼다. 그는 멈추었다. 이 같은 판단보다 훨씬 빠른 이미지의 형태로 이전의 불신에 대한 세부적인 일들이 그를 스쳐 지났다.

그는 지금까지 너무 잘 속아 넘어가는 좋은 성품이었기 때문에 두려움에 대한 이치에 맞는 변명을 제공하지 못했다. 왜 스페인 사람은 때때로 지나칠 만큼 꼼꼼했지만 이제 떠나는 손님을 동행하지 않는 것에 대한 일반적 예의에도 무관심할까? 그의 기질 때문에 그러한가? 그날도 기질이 더 이상의 혐오스러운 일을 막지 않았다. 그의 마지막 알 수 없는 행동이 되살아났다. 그는 일어나 손님의 손을 잡고, 그의 모자 쪽으로 몸을 움직였다. 그때 순식간에 불길한 침묵과 우울함으로 모든 것이 일그러졌다. 이것은 어떤 사악한 음모에서 다음 음모로 무자비하게 돌아가는 마지막 순간, 누그러지는 짧은 후회를 의미했나? 그의 마지막 눈길은 재앙에 찬 모습이었지만, 데라노 선장에게 영원히 묵시적으로 작별을 나타내는 듯했다. 왜 그가 바다표범잡이 배를 방문하는 것에 대한 청을 거절하는가? 스페인 사람은 같은 날 밤, 배반을 시도했던 이의 식탁에서 술을 마시는 것을 억제하지 않았던 유다보다 무정하지 못했는가? 그들이 기본적으로 어떤 은밀한 공격을 신비하게 하려는 의도를 제외하고, 온종일 보여주는 그와 같은 모든 불가사의와 모순은 무엇을 의미하는가? 위장한 반역자지만, 정확한 그림자인 아뚜팔이 그 순간 밖의 문지방으로부터 스며들었다. 그는 초병이거나 그 이상인 듯했다. 실토해서, 누가 그를 그곳에 머물게 했던가? 지금, 누워서 기다리고 있는 그 흑인이었는가?

뒤에는 스페인 사람 – 앞에는 그의 존재. 어둠에서 빛으로 돌진하는 것은 자신도 모르는 선택이었다.

그는 다음 순간, 손을 움켜쥐고 턱을 당긴 채, 아뚜팔을 지나 햇빛 속에서 마음에 상처를 받지 않고 서 있었다. 그가 그의 잘 정돈된 배가 평화롭게 정박하여, 일상적으로 부르면 들을 수 있는 거리에 있고, *산 도미니크*호의 측면에 생긴 낮은 파도 위에서 지속적으로 오르내리는 친숙한 모습의 가족 배를 보았을 때, 그리고 자신이 서 있었던 갑판 주변을 둘러보자, 그는 여전히 손을 진지하게 놀리는 뱃밥을 만드는 사람들이 끊임없이 일에 열중하면서 내는 낮은 휘파람소리와 계속적으로 흥얼거리는 소리를 들었다. 그리고 모든 것 중에서, 그가 저녁에 순진무구한 휴식을 취하고 있는 자연의 인자한 모습과, 아브라함[60]의 막사로부터 나오는 온화한 빛처럼 서쪽의 조용한 곳에 가리어진 태양이 빛나고 있는 것을 보았을 때, 그리고 매료된 눈과 귀가 이를 악물고 손을 늘어뜨린 사슬에 묶인 흑인의 모습과 함께 이 모든 것을 받아드리게 되었을 때, 그는 다시 그를 비웃어온 환상에 미소를 짓고, 순간적으로 그들을 간직함으로써, 높이서 늘 주시하는 **섭리**에 대한 무신론적 의심을 은연중에 드러낸 후회스러운 양심의 가책과 같은 어떤 것을 느꼈다.

그의 명령에 따라 보트가 측면 입구 쪽으로 정박하는 동안 몇 분이 지체되었다. 이 사이에 그가 그날 낯선 사람을 위해서 행했던 친절한 임무를 생각하자, 슬프지만 만족스러운 감정이 데라노 선장의 마음을 파고들었다. 아하, 선행 후에 인간의 양심은 은혜를 입은 당사자가 전혀 감사하지 않는다고 할지라도, 은혜롭지 않

---

60) 구약 성경 창세기에 나오는 이스라엘 민족의 시조.

은 것도 아니라고 생각했다.

그는 보트 아래로 내려가려고, 측면 사다리의 첫 발판을 밟고, 시선을 갑판 위의 안쪽을 향했다. 그와 동시에 그는 그의 이름이 정중하게 불리는 것을 들었다. 그가 놀랍게 기쁜 것은 베니또가 다가오는 것을 보았다. 마치 마지막 순간, 그의 최근 무례함을 고치려는 의도를 지닌 듯이, 태도는 평소와 다르게 힘이 있었다. 본능적으로 좋은 감정을 지니고 물러서던 데라노 선장은 몸을 돌려 호의적으로 다가갔다. 그가 그렇게 했을 때, 스페인 사람의 열정은 고조되었으나, 생기 넘치는 활력은 사라졌다. 그래서 하인은 그를 잘 부축하기 위해서 주인의 팔을 그의 맨몸 어깨 위에 놓고, 손을 부드럽게 잡아 일종의 목발을 만들었다.

두 선장이 만났을 때, 스페인 사람은 다시 열렬히 미국인의 손을 잡고 그의 눈을 진지하게 바라보았다. 그러나 그는 전과 마찬가지로 너무 압도되어 말을 하지 못했다.

'내가 그에게 잘못했지'라며 데라노 선장은 자기비판적인 생각을 했다. 그의 드러난 냉정함 때문에 내가 나를 기만했지. 어떠한 경우에도 그는 공격을 할 의도는 없었지.

그런 장면이 계속되자, 주인이 자제력을 잃는 것이 두려운 듯, 하인은 상황이 끝나기를 몹시 바라는 듯했다. 그는 말없이 자신을 목발처럼 내세우고 두 선장 사이를 걸으며, 그들과 함께 출입구 쪽으로 갔다. 한편 다소 고통이 심한 듯한 돈 베니또는 흑인의 몸을 가로질러 잡은 데라노 선장의 손을 놓지 않았다.

곧 그들은 배의 측면에 서서 보트를 바라보자, 보트의 승무원들은 호기심에 찬 눈길을 보냈다. 현재 당황한 데라노 선장은 스페인 사람이 손을 풀 순간을 기다리면서, 발을 들어 열린 출입구의 문지방을 넘어섰다. 그는 여전히 흥분한 목소리로 '저는 더 이상 갈 수 없습니다. 여기에서 작별을 해야겠습니다. 존경하는 돈 아마사님, 가세요 - 가!'라고 그의 손을 갑자기 풀면서 '가세요. 그러면 신이 저보다 당신을 보호해주실 것입니다. 가장 사랑하는 친구여'라고 말했다.

감동을 받지 않은 것이 아니었다면, 데라노 선장은 지체했었을 것이다. 그러나 그는 하인의 유순하게 경고하는 듯한 눈길을 보고, 황급한 작별인사와 함께 출입구에서 고정된 듯 서 있는 돈 베니또의 계속적인 이별인사를 받으며 그의 보트로 내려갔다.

선미에 자리를 잡고 있던 데라노 선장은 마지막 인사를 하고는, 그의 보트가 노를 저어가도록 명령을 했다. 승무원들이 노를 바로 세웠다. 노를 젓는 사람들이 노를 세로로 내릴 정도의 거리로 배를 밀어냈다. 그것이 행해진 순간, 돈 베니또는 현장을 넘어 데라노 선장의 발아래로 쓰러지면서 그의 배를 향해 소리를 질렀다. 그러나 그 소리는 너무 광란적이어서 보트에 타고 있던 어떤 사람도 그 말을 이해할 수 없었다. 그러나 그들과 마찬가지로 우둔하지 않은 듯이, 배의 다른 떨어진 세 곳에서 온 세 명의 수부들은 바다로 뛰어들어 그를 구조하려는 듯이 선장을 쫓아 헤엄을 쳤다.

보트 안에 놀란 장교는 이것이 무엇을 뜻하는지 강력하게 물어보았다. 알 수 없는 스페인 사람에게 경멸 섞인 미소를 보내고 있던 데라노 선장은, 이에 대해 그는 알지 못하고 관심도 없다고 답했다. 그러나 돈 베니또는 마치 그 배가 그를 납치하기를 원한다는 느낌을 그의 승무원들에게 주려는 것을 생각했었던 듯했다. 그는 '사력을 다해 노를 저어라. 그렇지 않으면 큰일 난다'라고 배 안의 소란스러운 함성소리에 놀라서 미친 듯이 소리를 질렀다. 그런데 그 소란 이상으로 손도끼를 닦는 사람들의 경종이 울렸다. 그는 돈 베니또의 목을 잡고 '이 음모의 해적단은 살인을 하려는 의도를 품고 있구나!'라고 덧붙였다. 여기서 그 말을 분명 입증하듯이, 손에 단도를 든 하인이 난간 위에서 필사적인 충성심으로 마지막 순간까지 주인을 돌보려는 듯이 뛰어오르려는 자세를 취하고 있는 것이 보였다. 한편 외견상 흑인을 도우려는 듯, 세 명의 백인수부들이 어지럽혀진 선수로 기어오르려 하고 있었다. 위험에 처한 선장을 목격하여 자극을 받은 듯이, 모든 흑인들은 현장 위에 마치 검은 눈사태가 난 것처럼 걸려 있었다.

앞서 일어났던 일과 뒤에 이어진 이 모든 것이, 너무 빨리 뒤섞여 일어났기 때문에, 과거, 현재, 미래가 하나가 된 듯했다.

데라노 선장은 그 흑인이 오는 것을 보자, 그는 거의 움켜쥔 상태로 스페인 사람을 옆으로 내던졌다. 그리고 무의식적으로 움츠리고 위치를 바꿔, 팔을 들어 올려, 재빨리 하인을 잡아 제압했다. 그런데 그 흑인은 단도를 데라노 선장의 가슴에 들이댄 채, 목표물에 대해서처럼, 그곳으로 의도적으로 뛰어들었던 듯했다. 그러나 무기는 비틀려 떨어져 나갔고, 공격자는 보트의 바닥에 내동댕이쳐진 상태에서 보트는 풀린 노와 함께 바다로 속도를 내기 시작했다.

한편, 이 순간, 데라노 선장은 왼손으로 베니또 선장이 말을 잃고 기절한 상태에 있는 것은 신경을 쓰지 않고, 반쯤 쓰러져 있는 그를 다시 움켜잡았다. 다른 한편으로 그의 오른발은 엎드린 흑인을 밟고, 오른팔은 속도를 더욱 내도록 고물의 노를 누른 채, 눈은 전방을 주시하며 부하들이 최선을 다하도록 격려했다.

그러나 이쯤에서 예인선원들을 격퇴하는 데, 마침내 성공을 하고, 얼굴을 선미로 향한 채, 노를 젓는 사람을 돕고 있던 항해사가 갑자기 데라노 선장에게 흑인이 무엇을 하려고 하는지 알아보라고 소리를 쳤다. 한편, 한 포르투갈의 노 젓는 사람은 그 스페인 사람이 하는 말에 주의를 기울이라고 소리를 질렀다.

발밑을 내려다보고 있던 데라노 선장은 하인의 풀린 손이 두 번째 단도 - 전에 품에 감추어 놓은 작은 것 - 를 가지고 주인의 가슴을 향한 채, 보트바닥에서 뱀처럼 꿈틀거리며 위로 오르려는 것을 보았다. 눈빛은 그의 혼의 집중된 목적을 드러내며, 끔찍한 복수심을 띠고 있었다. 한편 반은 질식한 스페인 사람은 맞지 않는 포르투갈어로 알맹이 없는 말을 하며 힘없이 움츠러들었다.

그 순간 오랫동안 사실을 전혀 모르고 있던 데라노 선장의 마음에 *산 도미니크*호의 과거의 모든 항해뿐만 아니라, 선장의 모든 불가사의한 행동과 그날의 수수께끼와 같은 사건에 대한 전모가 예상치 않게 확연히 밝아지며 스쳤다. 그는 바보의 손을 아래로 내려쳤으나 자신의 마음이 그를 보다 세게 때렸다. 한없이 유감스러운 마음으로 돈 베니또를 쥔 손을 풀었다. 흑인이 보트로 뛰어들어 찌르려 했던 것은, 데라노 선장이 아니라, 돈 베니또였다.

*산 도미니크*호의 위를 바라보고, 이제 상황을 깨달은 데라노 선장은 잘못된 명령과 소요, 그리고 돈 베니또에 대한 광란적 걱정에서인 듯해서가 아니라, 가면을 벗은 상태에서, 사악한 해적의 반란으로 칼과 도끼를 번쩍이고 있음을 알아차리고, 흑인의 두 손을 묶었다. 여섯 명의 아샨티들은 미친 검은 탁발승처럼 선미를 뛰어다녔다. 적들 때문에 바다로 뛰어들지 못한 스페인 소년들은 중간돛 가름대로 황급히 갔다. 한편 민첩하지 못해서 바다에 들어가지 못한 몇 명의 스페인 바닷사람들은 갑판에서 흑인들과 무기력하게 혼합되어 소리를 지르고 있었다.

데라노 선장은 그의 배에 소리를 질러 포문을 올려 총을 쏘도록 명했다. 그러나 이때 *산 도미니크*호의 굵은 줄이 끊어져 세차게 움직일 때, 풀린 올의 끝부분이 선수 주위에 돛을 감치며 빛바랜 덮개를 공해상으로 날리자, 사람의 머리뼈 모양을 한 사체가 드러났다. 해골 아래는 흰 글씨로 '*네 지도자를 따르라*'라고 쓰여 있었다.

그 광경에서 돈 베니또는 얼굴을 덮고 '그가 아란다이다. 살해되어 매장되지 않은 내 친구다!'라고 울부짖었다.

밧줄을 요청해서, 바다표범잡이 배가 도착하자, 데라노 선장은 흑인을 묶었다. 그는 반항하지 않았다. 그리고 그는 갑판으로 올려졌다. 그러고 난 후, 그는 거의 무기력한 돈 베니또를 뱃전으로 올리려 했으나, 파랗게 질린 돈 베니또는 흑인이 시야에서 벗어나, 먼저 아래로 내려갈 때까지 움직이거나 이동하기를 거부했다. 곧 그렇게 된 것을 확인했을 때, 그는 올라가는 것을 더 이상 두려워하지 않았다.

세 명의 헤엄을 치고 있는 사람들을 들어 올리기 위해 즉시 보트를 파견했다. 한편 *산 도미니크*호가 바다표범잡이 배의 선수를 약간 지나갔기 때문에, 배의 최후방의 총이 돌려 대겼다고 할지라도, 총의 발사를 준비했다. 이와 함께 그들은 돛을 끌어내려 도망치는 배를 무력화시키려고 여섯 발의 총을 발포했다. 그러나 단지 변변치 않은 몇 개의 밧줄만이 맞아떨어져 나갔다. 곧 그 배는 사정거리 범위를 벗어나 만으로부터 완전히 벗어났다. 선수 주변에 빽빽이 모여든 흑인들은 한순간에는 백인들을 향해 큰소리로 조롱하고, 다음에는 위로 뛰는 몸짓으로 어두운 황무지와 같은 대양을 향해 소리치고 있었다. 이는 마치 사냥꾼의 수중에서 풀려나 도망치며 울부짖는 까마귀와 같았다.

처음의 충동은 닻줄을 풀고 쫓아가는 것이었으나, 다시 생각해보니, 구명용 보트와 작은 범선으로 추격하는 것이 더 나은 듯했다.

데라노 선장이 돈 베니또에게 *산 도미니크*호에 실은 무기가 무엇인지를 물었을 때, 그들은 사용할 수 없을 것이라는 대답을 들었다. 반란 초기에 한 승무원이 죽은 이래, 선실 승무원은 은밀히 몇 정 남았던 소총 발사장치를 고장을 냈다. 그러나 돈 베니또는 미국인의 여력에도 불구하고, 그가 배로든지 보트로든지 추적하지 말라고 간청했다. 흑인들은 그들이 대단한 악한들이었음을 보여주었듯이, 지금 공격을 한다면, 그들은 백인들을 몰살하려 할 것이기 때문이었다. 그러나 미국인은 이런 경고를 불행으로 정신이 완전히 망가진 사람으로부터 나온 말로 생각하며 의도를 포기하지 않았다.

이미 보트는 준비되고 무장되었다. 데라노 선장은 부하들이 승선하도록 명했다. 그가 정말 가려고 하자 돈 베니또는 그의 팔을 잡았다.

'자! 당신께서 저의 목숨을 구해주셨어요, 선생님, 그리고 당신

자신은 버리려고 하시나요?'

승무원들은 그들과 항해를 위해서, 그리고 선장에 대한 의무 때문에, 선장이 가는 것을 강력히 반대했다. 그들의 항의를 잠시 생각한 데라노 선장은 남아야 한다고 느끼고, 사략선(私掠船)[61]의 승무원으로 결단력 있고 운동을 잘하는 1등 항해사가 일행을 지휘하도록 명했다. 그들에게 더욱 용기를 주는 것은 스페인 선장이 그의 배의 재물을 잃은 것으로 간주했으며, 금과 은을 싣고 있는 배는 1,000더블룬 이상의 가치가 있다고 말한 점이다. '배를 가지세요. 어떤 것도 그들의 것이 아닙니다.' 선원들은 소리를 지르며 응했다.

도망자들은 이제 거의 앞바다로 나갔다. 거의 밤이었다. 그러나 달이 떠오르고 있었다. 오랫동안 힘겹게 보트를 끌어당겨, 선미의 노 젓는 막대 위에 일정한 간격으로 놓고 소총을 발사하였다. 반격할 탄알이 없던, 흑인들은 소리를 질렀다. 그러나 두 번째 사격에서 그들은 인디언처럼 도끼를 힘껏 던졌다. 하나가 한 선원의 손가락을 떨어져 나가게 했다. 또 하나는 구명용 보트의 선수를 쳐서 밧줄을 끊고, 나무꾼의 도끼처럼 뱃전의 윗부분 끝에 박혔다. 항해사는 박힌 곳에서 떨고 있는 그것을 잡아채서 다시 던졌다.

---

61) 적국 상선을 공격하여 이를 포획하는 권한을 인정받은 무장한 사유 선박.

되돌아간 장갑 손목은 배의 부서진 갑판 난간에 붙었다.

흑인들이 매우 매서운 반응을 보였기 때문에, 백인들은 그들과 거리를 유지했다. 그들은 요란하게 날아오는 도끼의 사정거리를 벗어나 항해하며, 곧 닥칠 근접 조우를 위해서, 목표물에 미치지 못하는 미사일처럼, 흑인들이 도끼를 어리석게 바다에 날려, 백병전에서 살상 무기를 완전 해제하도록 유인했다. 그러나 곧 이런 책략을 알아차리고, 흑인들은 잃은 손도끼를 손창으로 바꾸었어야 할 시기가 아닐지라도, 그를 던지지 않았다. 교전은 결국 예상한 대로 공격자에게 유리하게 끝났다.

한편 거센 바람과 함께 배는 여전히 물을 가르며 나갔고, 보트는 번갈아 뒤처지기도 하고, 다가가기도 하며 거세게 사격을 했다.

현재, 흑인들이 주로 선미 쪽에 몰려 있기 때문에, 대부분의 사격은 그곳을 향했다. 그러나 흑인들을 죽이거나 불구로 만드는 것이 목적은 아니었다. 배와 함께 그들을 잡는 것이 목적이었다. 그렇게 하기 위해서 배에 승선을 해야 하는데, 배가 너무 빨라서, 보트로는 그렇게 할 수 없었다.

항해사에게 한 가지 생각이 떠올랐다. 그는 스페인 소년들이 오를 수 있는 한, 높이 올라간 것을 보고, 그들에게 활대로 내려오라고 소리를 질렀다. 그리고 매어놓은 돛을 끊어 배를 표류시키라고 했다. 그것이 행해졌다. 이 무렵 이후 드러나게 되는 원인 때

문에, 선원 복장을 하고 자신을 너무 드러낸 두 명의 스페인 사람
이 살해되었다. 연발사격에 의해서가 아니라 사격수의 사격에 의
해서이었다. 나중에 알려졌듯이, 일제사격 동안에 한 발의 사격으
로 흑인 아뚜팔과 마찬가지로, 키잡이에 있던 스페인 사람이 살해
되었다. 현재로서는 돛과 지도자들을 잃었기 때문에, 배는 흑인이
통제할 수 없는 상태가 되었다.

배는 돛을 삐걱거리며, 바람에 심하게 흔들렸다. 서서히 흔들리
는 배의 선미가 보트의 시야에 들어왔고, 뼈대가 수평선 달빛 속
에서 빛나고 있었다. 거대한 갈비뼈 형상의 그림자가 바다에 드리
워졌다. 유령의 하나의 펼쳐진 팔이 복수를 하기 위해서 백인들을
부르는 듯했다.

'너의 지도자를 따르라!'라고 항해사가 외쳤다. 보트들이 뱃전에
대졌기 때문에, 한 사람씩, 각 선수 위로 올랐다. 바다표범잡이 창
과 단도들이 도끼와 나무지레들과 교차되었다. 배의 중앙에 긴 보
트 위에 엉켜 있는 흑인들이 울부짖었는데 그들이 내는 소리는 쇠
가 부딪치는 소리였다.

한동안 공격을 가하지 않았다. 흑인들은 상황을 반전시키기 위
해서 억지로 끼어들었다. 아직 발판을 마련하지 못해서, 엉거주춤
한 선원들은 안장에 앉은 기병처럼 싸우고 있었다. 한쪽 다리는
현장 위로 비스듬히 걸치고, 한쪽 다리는 밖으로 내밀고 연주 진

행자의 지휘봉처럼 단도를 부지런히 사용하고 있었다. 그러나 모두가 허사였다. 그들은 만세를 부르며 한 사람처럼, 한 조를 이루어 배 안으로 뛰어들어 교전을 했다, 무의식적으로 다시 흩어졌을 때 그들은 거의 제압이 되었다. 잠시 동안 검은 고기 떼 사이를 이곳저곳으로 돌진하는 수중에 황새치[62]의 경우에서처럼 분명치 않은 숨죽인 내밀한 소리가 있었다. 백인들은 재결합하고 스페인 선원들과 합세하여, 기세를 올리며 흑인들을 선미로 꼼짝할 수 없게 몰아쳤다. 그러나 부대자루와 물통 바리케이드가 좌우로 주돛대 가까이에 올려 있었다. 이곳에서, 흑인들은 방향을 바꾸고 냉소적인 듯한 평화와 휴전이라고 할지라도, 휴식을 취하고 싶었을 것이다. 그러나 지칠 줄 모르는 선원들은 휴식을 취하지 않고, 바리케이드를 뛰어넘어 다시 접근했다. 지친 흑인들은 이제 절망 상태에서 싸웠다. 그들의 빨간 혀가 검은 입으로부터 늑대의 혀처럼 늘어졌다. 그러나 창백한 선원들은 이빨을 물고 한마디 말도 하지 않았다. 오 분 이상이 지나자 그 배가 승리했다.

거의 이십 명의 흑인들이 살해되었다. 탄환으로 죽은 사람을 제외하고, 많은 흑인들이 난도질되었다. 그들 부상자의 대부분은 바다표범잡이 배의 긴 창에 찔려 스코틀랜드의 고지대 사람들의 막

---

62) 황새치는 농어목의 물고기로 황새치과의 유일한 종이다. 몸길이 3m 정도이며 몸에 비늘이 없다.

대자루로 된 낫에 의해 프레스턴 팬스[63]에서 난도질당한 영국 사람들처럼 보였다. 다른 한쪽에는 비록 몇 명이 부상은 당했지만 살해된 사람은 없었다. 선원을 포함해서 몇 명은 중상을 입었다. 살아 있는 흑인들을 일시적으로 감금시키고 그 배는 한밤중에 항구로 예인되어 다시 정박했다.

사건과 이어진 과정은 생략하고, 다시 정비를 하는 데 이틀을 보낸 후, 배는 칠레 컨셉션에 있는 회사로 향했고, 그곳에서 페루의 리마로 향했다고 말하는 것으로 충분할 것이다. 모든 사건은 페루 총독 법정에서 처음부터 조사되었다.

비록 항해 중간에 구속에서 풀려난 불운한 스페인 사람은 자유의 의지로 건강이 회복될 조짐을 보였다. 그러나 리마에 도착하자 곧, 그는 자신의 육감대로, 병이 재발하여 마침내 팔에 안겨 해변으로 운반되었다. 그의 고통의 이야기를 듣고서, 시티 오브 킹즈[64]의 많은 종교 단체 중의 하나는 그를 친절히 맞이할 피난처를 마련해 주었고, 그곳에서 두 의사와 목사는 그의 간호원이었다. 그 종교 단체의 한 회원은, 밤낮으로 그의 특별보호자이자 상담원을 자청했다.

공식적인 스페인의 기록물 중의 하나를 번역한 다음 요약문은

---

63) 스코틀랜드, 에딘버러의 동쪽에 위치한 작은 마을.
64) 스페인 총독의 페루 지배 시에 가장 중요한 도시가 됨.

처음에 *산 도미니크*호의 실제 출발 항구와 산타마리아 섬에 배가 닿은 시간에 이르기까지 실제 이야기뿐만 아니라 앞서 이야기에 대해서도 밝힐 것으로 기대한다.

그러나 줄거리를 이야기하기 전에 한마디를 하고 서문을 쓰는 것이 좋을 것이다.

많은 다른 것 중에서 부분적인 번역을 위하여 발췌된 기록은 베니또 선장의 성품에 대한 내용도 포함하고 있다. 첫 번째 것은 그 진술에서 나온 것이고, 거기에 있는 어떤 발표는 알려지고 자연스러운 이유 때문에 당시에 의심을 받았다. 법정은 최근 사건으로 정신적인 면에서 고통을 받은 선서증인이 결코 일어날 수 없었던 어떤 것을 잘못 진술했다는 의견으로 기울었다. 그러나 가장 이상하고 특이한 몇 가지 중에서, 선장에 대한 것을 확증하는 살아남은 선원들의 계속적인 선서증언은 다른 사람들에게 확신을 주었다. 그래서 법정은 최후 판결에서 확증이 부족했었다면, 기각하는 것은 오직 의무로 여겼었을 것이라는 진술을 바탕으로 사형을 선고했다.

나와, 왕의 세입을 적는 황제 서기인 호세 데 아보스, 이 지역의 등기부를 기록하는 빠디야, 그리고 이 지역 주교 직관구의 신성한 십자군 공증 서기 등은

산 도미니크호의 흑인들에 대해 1799년 구월 이십사 일에 행해진 범죄의 원인에 관해서, 법이 요구한 그대로 다음 선서가 내 앞에서 이루어졌음을 진정으로 확인하고 선언한다.

최초 목격자 돈 베니또 쎄레노 선서

같은 해, 같은 달, 같은 날, 지방 판사, 의사 후안 마르띠네스 데 로사스, 이 왕국의 왕족 방청 의원, 그리고 이 지방 행정구의 법에 유식한 사람들은 산 도미니크호 선장인 돈 베니또 쎄레노를 법정에 출두하도록 명했다. 그는 남루한 옷을 입고 수도승인 인펠레스의 시중을 받고 출석했다. 그는 그로부터 천주와 그리스도와 성호의 표시로 맹세한 서약을 받았다. 그는 그 서약에서 자신이 알고 있거나, 질문을 받는 것은 무엇이든 진실을 밝히기를 약속했다. 그리고 그는 진행과정을 시작하는 법의 방침에 따라 질문을 받았을 때, 지난 오월 이십일 발파라이소[65] 항으로부터 카야오[66] 항으

로 남녀 흑인 160명과 철물 삼십 상자 외에, 그 나라 생산품을 신고 배로 항해했다고 말했다. 그런데 대부분의 소유물은 멘도사 시의 의원인 돈 알렉산드로 아란다 것이었으며, 승객으로 승선한 사람들 이외에, 승무원은 육십 명이었고, 흑인들은 다음과 같이 나뉘어 있었다고 말했다.

[여기 원문에는 아란다의 기록물 중에서 발견되고 선서증인의 기억으로 모아진 약 오십 명의 이름 목록과 세부사항, 그리고 나이 등이 있다. 그것에서 단지 부분이 발췌되었다.]

— 약 십팔 세에서 십구 세의 호세라는 인물은 주인 돈 알렉산드로를 시중든 사람으로 주인을 사년 내지 오년 동안 시중을 들었기 때문에 스페인어에 능하다. ※ ※ 좋은 목소리를 지닌 유능한 프란세스꼬라는 혼혈아는 선실 승무원으로 약 삼십오 세의 나이로 부에노스 아이레스 지방의 토박이며, 발파라이소 교회에서 노래를 부른 경험이 있다. ※ ※ ※ 다고라는 영리한 흑인은 스페인 사람들 중에 수년 동안 무덤을 파는 일을 해온 인물로 나이는

---

65) 산티아고의 북서쪽 약 190km 지점에 위치하며 태평양에 면한 남아메리카 제1의 무역항이다.

66) 섬과 곶(串)으로 둘러싸여 있는 태평양 연안의 항구도시이다. 수도 리마의 외항(外港)이자 군항이다.

사십육 세이다. ※ ※ ※ 육십 세에서 칠십 세의 아프리카 태생 네 명의 흑인들은 건강하지만, 직업은 뱃밥을 틀어막는 사람들로 그들의 이름은 다음과 같다. 첫 번째 사람의 이름은 무리로 살해되었다. (디아멜로라는 이름을 지닌 그의 아들 또한 살해되었다). 두 번째 사람은 낙따. 세 번째 사람은 요라로 마찬가지로 살해되었다. 네 번째는 고판이다. 그리고 삼십 세에서 사십 세의 여섯 명의 장년인 흑인들은 지독한 사람들로 아샨티들 사이에서 태어났다. 마띨루끼, 얀, 렉베, 마뻰다, 얌바이오, 아낌이다. 그들 중에 네 명은 살해되었다. ※ ※ ※ 아프리카에서 추장이었던 것으로 추정되는 아뿌팔이라는 힘센 흑인은 그의 주인이 매우 중시하는 인물이었다. ※ ※ ※ 그리고 세네갈 사람으로 작은 흑인이지만, 스페인들 사이에서 몇 년 동안 있었던 약 삼십 세의 흑인은 바보라는 인물이었다. ※ ※ ※ 그는 그 밖에 다른 사람들의 이름은 기억하지 못하고 있다. 그러나 돈 알렉산드로의 나머지 서류가 발견되어, 그는 그들의 모든 것에 대한 것을 바르게 설명하여, 법원으로 보내질 것을 여전히 기대하고 있다. ※ ※ ※ 그리고 모든 연령층의 삼십구 명의 여성들과 아이들이 있었다.

(분류가 끝났기 때문에 진술은 계속된다)

※　※　※　모든 흑인들은 항해 중에 습관적으로 갑판에서 잤다. 누구도 족쇄를 차지 않았다. 그의 주인과 친구인 아란다는 그에게 그들 모두가 말을 잘 듣는다고 말했기 때문이다. ※　※　※　항구를 떠난 후, 칠 일이 되던 날 아침 세 시경, 당번인 두 명의 승무원, 후안 로블레스와 목수인 후안 바우띠스따 가이예떼, 그리고 키잡이와 그의 심부름 소년을 제외하고, 모든 스페인 사람들이 잠을 자고 있었다. 이때 흑인이 갑자기 폭동을 일으켜 손창과 손도끼로 목수 등을 중상을 입히고 갑판에 있던 여덟 명을 살해했다. 그리고 다른 사람들을 묶어서 산 채로 바다에 던졌다. 그가 생각해볼 때, 그들은 배를 움직이기 위해서 간판에 승무원으로 약 여섯 내지 일곱 명을 산 채로 묶어놓았다. 그리고 숨은 셋 내지 네 명은 살아 있었다. 흑인들은 승강구를 장악한 폭동 행위에서, 비록 여섯 내지 일곱 명이 부상을 당했다고 할지라도, 그들 편에서 볼 때, 별다른 방해 없이 그곳을 통해 조타실[67]까지 갔다. 반란 동안 항해사와 그가 이름을 기억하지는 못하는 다른 사람들은 승강구를 통해서 올라가려고 시도했으나, 바로 부상을 당해 선실로 되돌아가야 했다. 그날 해가 뜰 무렵 선서증인은 주모자였던 흑인 바보와 그를 돕는 아뚜팔이 있는 갑판 승강구 계단으로 올라가기

---

67) 배의 키를 조종하는 장치가 있는 방.

로 작정했다. 그는 그들에게 말도 걸고, 그런 끔찍한 행위를 중지
하라고 권하기도 하고, 자신이 그들의 명령에 따를 것을 제안도
하며, 그들이 원하고 의도하는 것이 무엇인지를 물어보았다. 이에
도 불구하고 그들은 그가 보는 앞에서 세 명을 묶어 산 채로 바다
에 던졌다. 그들은 선서증인에게 올라오라고 말하고, 그를 죽이지
는 않을 것이라고 말했다. 위의 일을 마친, 폭동의 우두머리 바보
는 그에게 그들이 갈 수 있는 흑인국가가 그 해역에 있는지를 물
었다. 그는 그들에게 없다고 말했다. 후에 흑인 바보는 세네갈이
나 니콜라스의 인근 섬으로 가자고 요청했다. 그러나 이는 거리가
멀고, 케이프 혼을 반드시 돌아가야 하며, 배의 상태가 좋지 않고,
식량과 돛 그리고 물이 부족해서 불가능하다고 말했다. 그러나 흑
인 바보는 어쨌든 그가 그들을 데리고 가야 한다고 말했다. 그들
은 선서증인이 먹을 것과 마실 것에 대해 요구하는 모든 것을 행
하고 응할 것이라고 말했다. 그들은 그들을 세네갈로 운송하지 않
는다면, 모든 백인을 살해할 것이라고 위협했다. 그래서 그는 오
랜 협상 후에, 그들을 달래지 않을 수 없어서, 항해에 가장 필요
한 것은 물이고 그것을 구하기 위해서 해변 가까이로 갈 것이고,
이 후에 그들의 항로대로 항해할 것이라고 말했다. 흑인 바보는
그것에 동의했고, 선서증인은 그들을 구해줄 외국 선박이나 어떤
스페인 선박을 만나기를 기대하며, 중간 항구를 향해서 항해했다.

십일 내지 십일일 이내에 그들은 육지를 보았고, 나스카[68]에 인접한 곳에 있는 그것 가까이로 항해를 계속했다. 증인은 흑인들이 현재 안정을 찾지 못하고, 반란을 일으키려 했다는 것을 알게 되었다. 그가 물을 구하는 데, 효과를 얻지 못하자, 흑인 바보는 협박과 함께 다음 날 틀림없이 그것을 해야 한다고 요구했다. 그는 그에게 해안이 너무 가파르고 그 상황에 적절한 다른 이유와 지도상에 표시된 강들을 찾을 수 없다는 것을 분명히 알고 있다고 말했다. 가장 좋은 방법은 외국인들이 그랬듯이 그들도 물을 쉽게 구할 수 있다고 보는 외로운 섬인 산타마리아로 가는 것이라고 말했다. 증인은 가까이 있었던 삐스꼬[69]나 다른 항구로 가지 않았다. 이는 흑인 바보가 그를 여러 차례 위협했고, 그가 그들이 가게 될 어느 해안 정착지나 혹은 도시나 마을을 알아차리는 순간, 곧 모든 백인을 죽일 것이기 때문이었다. 그래서 선서증인이 계획했던 대로 산타마리아 섬으로 가기로 작정했다. 그는 항해 중에 혹은 섬 가까이에서, 그들에게 호의적일 수 있는 어떤 배를 발견할 수 있는지, 혹은 배로부터 보트를 타고 아루꼬에 인접 해안으로 도망을 칠 목적에 대한 필요한 수단을 택하기 위해서, 항로를 즉시 바꿔 그 섬으로 항해했다. 아뚜팔은 매일 회의를 했는데, 회

---

68) 페루 남서부이카 현 남동부의 도시.

69) 페루에 있는 지방.

의에서 그들은 그들이 세네갈로 돌아가기 위한 필요한 계획과 모든 스페인 사람들, 특히 증인을 죽여야 하는지에 대해서 상의했다. 나스카 해변에서 출발한 후, 여드레 새벽이 조금 지나 흑인들이 회의를 한 후, 흑인 바보는 증인이 갑판에 있었을 때, 증인이 있는 곳으로 와서 선장, 돈 알렉산드로 아란다를 죽이기로 결심했다고 말했다. 그렇지 않으면 그와 그의 동료들은 그들의 자유에 대해 확신할 수 없고, 바닷사람들을 굴복시키기 위해서, 그는 그들이나 그들 중에 누가 그에게 반대를 할 경우, 그들이 어떤 길을 택하게 되는지에 대한 경고를 준비하기를 원했기 때문이었다. 그리고 그런 경고는 돈 알렉산드로의 죽음으로 가장 멋지게 될 것이라고 믿고 있기 때문이다. 그러나 선서증인은 이 마지막 말이 당시에 무엇을 의미했는지를 이해할 수 없었고, 돈 알렉산드로를 죽이려고 의도했던 것 이상으로 이해했다. 더욱이 흑인 바보는 증인에게 훌륭한 항법사인 라네데스가 돈 알렉산드로와 나머지 사람들과 함께 살해되는 것을, 증인이 그것을 이해했던 것과 마찬가지로, 두려워해서, 일이 행해지기 전에, 선실에서 자고 있던 그를 부르라고 제안했다. 젊은 시절부터 알렉산드로의 친구였던 증인은 기도를 하고 주문을 '외웠지만, 모든 것은 허사였다. 흑인 바보는 그에게 그 일은 방해받을 수 없고, 만일 스페인 사람들이 이런 문제나 혹은 다른 것에 있어서, 그의 의도를 좌절시키려 한다면, 그들은 죽을 각오를 해야 할 것이라고 말했다. 이런 갈등 속에서 증인은 항해사 라네데스를 불렀는데, 그는 따로 격리될 수밖에 없었다. 그리고 흑인 바보는 즉시 아샨티인 마띨루끼와 렉베에게 가서 살인을 하라고 명했다. 그들 두 사람은 도끼를 들고 돈 알렉산드로의 선실로 내려가 그를 난도질해서 반은 죽인 채로 갑판으로 끌고 올라왔다. 그들은 그를 그런 상태에서 바다로 던져버리려 했다. 그러나 흑인 바보는 살인은 그의 앞에 갑판에서 끝나야 한다고 명하며 그들 행위를 중지시켰다. 그래서 그의 명령으로 그 시체가 아래 전방으로 운반되어 일이 끝났다. 증인은 삼일 동안 그 장면 이외에는 아무것도 볼 수 없었다. ※ ※ ※ 발파라이소에서 오래 거주한 나이 든 사람으로, 과거에 항해한 적이 있던 페루의 민간 사무실에 최근 임명을 받은 알론소 시도니아는 당시 돈 알렉산드로의 반대편 방에서 잠을 자다가, 사람들의 갑작스런 공격 소리에 깨어나, 손에 피가 묻은 도끼를 지닌 흑인들을 보자, 가까운 창문을 통해 바다로 뛰어들어 익사했다. 그 상황에서 증인은 그를 끌어올리거나 도울 힘이 없었다. ※ ※ ※ 아란다를 살해한 후, 곧 그들은 멘도사 출신으로 그의 친척인 중년 돈 프란세스꼬 마사, 스페인 하인 뽕세와 함께 최근 스페인에서 온 젊은 호아낀, 마르께스 데 아람볼라싸, 그리고 아란다의 세 명의 젊은 사무원으로, 모두 캐디즈 출신인 호세 모싸이르, 로렌소 바르가스와 에르메네힐도 간딕스를 갑판으로 불러들였다. 흑인 바보는 이후의 목적을 위해서, 돈 호아낀과 에르메네힐도 간딕스는 살려주었다. 그러나 흑인 바보는 네 명의 수부와 갑판장 호안 로블레스, 갑판장의 동료인 마누엘 비스카이스, 로드리고 우르따 외에도, 하인 뽕세, 로렌소 바르가스, 호세 모싸이르, 그리고 돈 프란세스꼬 마사는, 그들이 비록 저항을 하지 않았고, 오직 살려달라고 애원했지만, 그들을 산 채로 바다에 던지라고 명했다. 수영을 할 줄을 아는 갑판장 호안 로블레스는 물에서 오래 견디며 가장 오래 남아 있었다. 그가 한 마지막 말에서 그는 증인에게 성모 구세주에게 그의 영혼을 위한 미사를 부탁했다. ※ ※ ※ 후에 삼일 동안 돈 알렉산드로의 유골이 어떤 운명에 처했는지를 알지 못해서, 자주 흑인 바보에게 그들이 어디에 있는지, 여전히 배에 있다면, 그들이 해안에 매장되어 보존될 수 있는지를 물으며, 그가 그렇게 명을 하도록 요청했다. 흑인 바보는 넷째 날까지 대답을 하지 않았다. 해가 뜰 무렵 갑판으로 올라온 그는 증인에게 뼈대를 보여주었다. 그 뼈는 뱃머리 앞에 달린 신대륙 발견자인 크리스토퍼 콜럼버스의 조상을 대신한 표시였다. 흑인 바보는 그에게 그것이 누구의 해골이며 흰색으로 볼 때, 그것은 백인의 것으로 생각되지 않느냐고 물었다. 그의 얼굴을 밝히자마자, 흑인 바보는 그에게 가까이 다가와 다음과 같은 취지의 이야기를 했다. 선수를 가리키며 '이곳에서부터 세네갈까지 흑인과 신뢰를 지켜라. 그렇지 않으면, 너는 지금 신체적으로 너의 지도자와 같이 될 뿐만 아니라, 정신적으로도 그렇게 될 것이다.' ※ ※ ※ 그리고 같은 날 아침, 흑인 바보는 연속적으로 스페인 사람을 한 사람, 한 사람씩 앞으로 끌어내, 그것이 누구의 뼈냐고 물었다. 흰색으로 볼 때 그것은 백인의 것이라고 생각지 않느냐고 물었다. 스페인 한 사람 한 사람은 얼굴을 가렸다. 그때 흑인은 증인에게 처음에 했던 말을 되풀이했다. ※ ※ ※ 그들(스페인 사람들)이 배 뒤편에 모여 있을 때, 흑인 바보는 그들에게 그는 이제 모든 것을 했고, 만일 그가 스페인 사람들이 그들(흑인들)에 대한 어떤 음모를 꾸미거나, 말을 하는 것을 보면, 그들은 신체적으로나 정신적으로 돈 알렉산드로의 길을 따를 것이라고, 그와 그들에게 경고하면서 증인(흑인들을 위한 항해사로서)은 그의 항로를 따르라고 열변을 토했다. 그런데 그런 위협은 매일같이 반복됐고, 마지막으로 언급된 사건에 앞서, 그들은 요리사를 묶어 뱃전 너머로 던지려 했다. 이는 그들이 그가 한 말이 무슨 말인지 알지 못했기 때문이었다. 그러나 흑인 바보는 증인의 간청으로 그의 목숨을 살려주었다. 그리고 며칠 후에, 증인은 남아 있는 백인의 목숨을 보존할 어떤 방책도 빼놓지 않기 위해 애쓰며, 평화와 평정에 대해 흑인들에게 말했다. 그리고 자신과 모든 흑인들을 위해서, 바보가 행한 것처럼 글을 쓸 수 있는 선원들과 증인이 서명하는 문서를 작성하기로 동의했다. 그 문서에서 증인은 그들을 세네갈로 운송하기로 하고, 그들은 더 이상 죽이지 않기로 했다. 그리고 그는 배와 짐을 그들에게 공식적으로 인도하기로 했다. 그들은 그것에 대해, 당시 만족해서 잠잠했다. ※ ※ ※ 그러나 다음 날 수부들이 도망치는 것에 대해, 더욱 확실히 경계를 펼치기 위해서, 흑인 바보는 항해에 도움이 되지 않는 긴 배와, 물통을 당기는 데 필요한 상태가 좋은 커터70)를 제외하고는, 모든 보트를 파괴하라고 명령했다. 그는 커터가 물통을 당기는 데 필요할 것이라는 것을 알면서 그것을 저장고 아래로 이미 내려놓았다.

※

[재앙이 될 만큼 바람이 불지 않은 사건과 함께, 이에 이어진 여러 특이하게 지연되고 어려운 항해가 따랐다. 그 부분에서 한 구절을 빼내어 증언한다.]

— 바람이 불지 않은 지 닷새째 되던 날, 배에 승선한 모든 사람

---

70) 범선의 범장(帆裝)에 의한 형태의 하나를 말하기도 한다. 외돛대로 선수에 긴 돛대 모양의 둥근 나무(바우스프리트)가 있고, 주범(主帆) 외에 앞쪽에 2~3개의 삼각돛을 단 범선의 일종도 커터라고 함.

들은 불 부족과 더위로 많은 고통을 겪었고, 다섯 명이 미치거나 발작으로 죽자 흑인들은 초조해했다. 그래서 항해사인 라네데스가 증인에게 사분의를 건네 달라고 한 행위 ─ 그것은 비록 아무런 해가 없다고 할지라도 ─ 그들이 의심스럽게 여긴 우연한 몸짓 때문에 그들은 그를 살해했다. 그러나 그들은 이것을 나중에 후회했다. 증인을 제외하고 그가 배에 승선한 남아 있든 유일한 항해사였기 때문이다.

※

─ 매일같이 일어났고, 지난 불행과 갈등을 기억하는 데 도움이 되지 않는 다른 사건들은 생략하고, 물이 부족하고, 앞서 말한 잔잔한 파도 때문에, 고통을 겪는 상태에서 나스카에서 항해를 한 때부터 계산해서 칠십삼 일 되는 날, 그들은 팔월 십칠일 오후 약 여섯 시쯤에 마침내 산타마리아 섬에 도착했다. 그 시간에 그들은 관대한 선장인 아마사 데라노 선장의 지휘로 같은 만(灣)에 정박한 미국 선박인 *배챌러스 디라이트호*에 매우 가까이 닻을 내렸다. 그러나 아침 여섯 시에 그들은 이미 그 항구를 알아차렸다. 흑인들은 얼마간 떨어져 그곳에서 볼 것을 예상하지 못한 배 한 척이 있는 것을 보자 불안해했다. 그러자 바보는 그들에게 두려워할 필요가

없다고 확신시키며 그들을 달랬다. 곧, 그는 선수에 있는 형상을
수리를 하기 위한 것처럼 그것을 돛으로 덮으라고 명했다. 그리고
갑판에 작은 물품들을 정리하라고 시켰다, 한동안 흑인 바보와 아
뚜팔은 서로 상의했고, 흑인 아뚜팔은 항해를 해서 멀리 가는 것
에 찬성했으나 바보는 반대했다. 그는 혼자서 무엇을 해야 할지를
생각했다. 그는 마침내 증인에게 와서 증인이 과거에 말했고, 행
하기로 선언한 모든 것을 미국인 선장에게 말하고 행하라고 했다.

※

흑인 바보는 숨기고 다니던 도끼를 내보이며, 만일 그가 조금이
라도 말을 바꾸거나 어떤 말을 하거나 혹은 과거 사건이나 현재
상태를 암시하는 어떤 모습을 보이는 경우는 무자비하게 그의 모
든 동료와 그를 즉시 죽일 것이라고 경고했다. 그 도끼는 그가 알
고 있었듯이, 그의 눈빛처럼 예리한 것이었다. 그 후에 바보는 그
의 모든 동료들에게 그의 계획을 알렸는데, 그들은 그것을 기뻐했
다. 그는 사실을 보다 잘 숨기기 위해서, 거짓과 책략을 엮는 방
식으로 많은 편리한 일을 궁리해냈다. 이런 종류의 것은 그의 자
객들이었던 앞서 여섯 명의 아샨티들의 계획이었다. 그는 마치 어
떤 도끼(화물의 일부인 갑 속에 있는)를 닦기 위해서인 양, 그들을

선미의 패인 곳에 배치시켰다. 하지만 실제는 필요할 때나 혹은 그가 그들에게 내린 명령에 따라서 그들을 사용하거나 나누어주기 위해서였다. 다른 방안 중에는 쇠사슬이 순식간에 풀릴 수 있지만, 사슬에 묶여 있는 것처럼 그의 오른팔 격인 아뚜팔을 출연시키는 방안도 있었다. 그는 증인에게 세부적으로 모든 계획에서, 그가 해야 할 부분이 어떤 것인지를 알려주었다. 그리고 만일 그가 그것을 조금이라도 바꾼다면, 즉시 그를 죽일 것이라고 늘 위협하면서, 모든 경우에 그가 어떤 말을 해야 하는지를 알려줬고. 많은 흑인들이 동요할 것을 의식한 흑인 바보는 갑판에서 할 수 있었던, 어떤 내부 정돈을 하기 위해서 뱃밥을 메우는 네 명의 나이든 흑인들을 지명했다. 몇 번이고 그는 그의 의도와 다른 계획, 그리고 증인이 말하기로 된 것에 대한 계획을 스페인 사람들과 그의 동료들에게 알리면서 열렬히 이야기했다. 그들 누구도 그 이야기를 바꾸지 않도록 책임을 지웠으며, 이런 상의는 데라노 선장이 승선한 배가 도착해서 처음 본 두세 시간 사이에 계획된 것이다. 이것은 아침 약 일곱 시 삼십 분 아마사 데라노 선장이 그의 보트에 오면서 시작되었고 모두가 그를 기쁘게 맞이했다. 그리고 증인은 그가 해낼 수 있었던 만큼, 훌륭하게 배의 본래 주인으로서, 그리고 자유로운 선장으로서의 역할을 행하며, 그를 방문한 데라노 선장에게 자신은 부에노스 아이레스에서 300명의 흑인을 싣고

리마로 향하고 있으며, 케이프 혼 앞 바다에서 연속된 열병으로
많은 흑인들이 죽었다고 말했다. 그리고 비슷한 재난으로 모든 해
상 장교들과 상당한 승무원들이 죽었다고 말했다.

※

[그래서 증인진술은 바보가 데라노 선장에게 강요하고 증인을 통해서 데라노 선장에게 전한 거짓과 같은 이야기, 그리고 다른 것과 함께 데라노 선장의 우호적인 청에 대한 세부적인 것을 열거하면서 진행되고 있다. 그러나 그에 대한 모든 것은 여기서는 생략되었다. 거짓과 같은 이야기 등에 이어 증인진술이 이어진다.]

※

- 너그러운 아마사 데라노 선장은 그가 저녁 여섯 시에 배를 정박시켜 놓았을 때까지, 하루 종일 배에 머물러 있었다. 증인은 자신이 상황에 대한 사실이나 정황을 알고 있다는 말 한마디나, 어떤 암시를 말할 권한이 없는 상태에서, 앞서 언급된 원리대로 꾸며진 불행을 그에게 계속해서 행했다. 이는 겸손한 노예의 외형적 복종에도 불구하고, 공식적인 하인의 임무를 수행하는 흑인 바보는 한순간도 증인을 떠나지 않았기 때문이다. 그런데 이것은 증인의 행동이나 말을 관찰하기 위해 계획된 것이었다. 그리고 흑인 바보는 스페인어를 잘 알았고, 더욱이 주변에는 끊임없이 감시를 하는 다른 사람들이 있었으며, 그들 역시 스페인어를 알고 있었다.

※　※　※ 한번은 증인이 갑판에서 데라노 선장과 이야기를 하고 있었을 때, 흑인 바보는 마치 증인과 함께 생각해낸 듯해 보이는 행위, 즉 은밀한 신호로 그(증인)를 옆으로 불러들였다. 그때 그는 가까이 갔고, 흑인 바보는 그에게 아마사 데라노 선장의 배, 선원 그리고 무기에 대한 세부적인 정보를 알아내기를 제안했다. 증인은 흑인 바보에게 '무슨 목적'이냐고 묻자, 흑인 바보는 묘안을 생각해낼 수 있다고 답했다. 그래서 그는 너그러운 아마사 데라노 선장에게 닥칠지 모르는 일을 슬프게 생각하며, 처음에는 요청한 질문을 하는 것을 거절했다. 모든 논쟁을 하며 흑인 바보가 이 새로운 계획을 포기하도록 유도했다. 흑인 바보는 단도 끝을 보였다. 그러한 정보가 얻어진 후, 흑인 바보는 다시 그를 옆으로 끌어들이며, 그에게 그날 밤 그(증인)는 한 척이 아니라 두 척의 배의 선장이 될 것이라고 말했다. 미국인 배의 승무원들 대부분이 낚시에 정신이 팔려 다른 사람이 없이도 여섯 명의 아샨티들이 그것을 쉽게 빼앗을 수 있을 것이라고 말했다. 이때 그는 같은 목적으로 다른 것에 대해서도 이야기했다. 어떤 간청도 소용이 없었다. 아마사 데라노 선장이 배에 승선하기 전에는 미국인 배를 빼앗는 것에 관해서는 어떠한 암시도 하지 않았다. 이런 계획을 막는 데 증인은 무기력했다. ※　※　※ 기억이 혼란스러운 어떤 상황에서, 그는 사건을 뚜렷이 기억해낼 수 없었다. ※　※　※ 앞서 이야기했던

대로, 그가 저녁 여섯 시에 배의 닻을 내리지마자, 미국인 서장은 작별 인사를 하고 그의 배로 되돌아갔다. 그리고 증인이 믿기에, 신이나 천사들로부터 왔었다고 생각하는 갑작스러운 충동을 받아, 작별 인사를 한 후, 그는 뱃전 끝까지 너그러운 아마사 데라노 선장을 따라가서, 아마사 데라노 선장이 그의 보트에 자리를 잡아야 했을 때까지 작별이라는 구실로 그곳에 서 있었다. 그리고 배가 밀쳐 나아갈 때, 증인은 배 끝에서 그 보트로 뛰어내렸다. 그는 배에 쓰러졌고, 어찌된 것인지 모른다. 그것은 - 그를 지키시는 신만이 안다.

※

[여기에, 원문에서는, 도망치는 데서, 일어났던 문제에 대한 설명과 어떻게 산 도미니크호가 다시 잡히게 되었는지, 그리고 해변의 항로에 대한 설명이 이어지고 있다. 그리고 이야기는 너그러운 아마사 데라노 선장에 대한 영원한 감사의 많은 말이 포함되었다. 증인진술은 요약된 말로 진행되고 법정 명령에 따라 선고될 형사 판결의 근거를 세울 자료를 제공하기 위해서, 과거 사건의 개별적인 부분을 기록하며, 흑인에 대한 부분적 설명이 이어진다. 이 부분은 다음과 같다

— 그는 비록 모든 흑인들이 초기에 폭동계획을 알지 못했다고 할지라도, 그것이 행해졌을 때, 그들은 그것을 찬성했다고 믿고 있다. ※ ※ ※ 십팔 세의 흑인으로, 돈 알렉산드로의 개인 심부름꾼인 호세는 폭동 전에, 선실 상황에 관해 흑인 바보에게 정보를 전한 사람이다. 이것은 전날 한밤중에, 그가 그의 주인의 침대 아래에 있던, 그의 침대에서 주모자와 동료들이 있는 갑판으로 올라가곤 했기 때문에 알려졌다. 그리고 그는 흑인 바보와 비밀스러운 대화를 나눴는데, 이것은 항해사들에 의해서 여러 번 목격되었다. 한날 밤에 항해사는 그를 두 차례나 내몰았다. ※ ※ ※ 바로 이 흑인 호세는, 렉베나 마띨루끼처럼, 그렇게 하라는 흑인 바보의 명을 받지 않고서도 그의 주인인 돈 알렉산드로가 갑판으로 반은 죽은 채 끌려나왔을 때 그를 칼로 찌른 인물이다. ※ ※ ※ 혼혈 승무원인 프란세스꼬는 최초 폭동의 무리로, 모든 일에서 흑인 바보의 피조물이자 도구였다. 그리고 그는 그의 비위를 맞추기 위해서, 선실에서 식사 전에 흑인 바보에게 너그러운 아마사 데라노 선장에게 독이 든 음식을 제공하자고 제안한 것으로 알려졌다. 흑인들이 그것을 말했으나, 다른 계획을 가지고 있던 흑인 바보가 프란세스꼬를 하지 못하게 했다. ※ ※ ※ 아샨티인 렉베는 그들 중에서 가장 나쁜 인물 중의 한 사람이었다. 배가 회수되던 날, 그는 양손에 도끼를 들고 배를 방어하는 데 도왔고, 도끼 하나로

배에 처음 승선하려는 데라노 선장의 1등 항해사의 가슴에 상해를 입혔다. 모두가 이 사실을 알고 있다. 그리고 증인이 보는 데서, 흑인 바보의 명령으로 그가 돈 프란세스꼬 마사를 산 채로 배에서 던지려고 데려갈 때, 도끼로 그를 후려쳤다. 또한 앞서 이야기했듯이, 그는 돈 알렉산드로 아란다와 다른 선실 승무원들에 대한 살인에도 가담했다. 아샨티들이 보트와 교전에서 치열하게 싸웠기 때문이기도 하지만, 이 렉베와 얀은 살아남았다. 얀은 렉베처럼 나쁜 사람이었다. 얀은 바보의 명령으로 흑인들이 증인에게 나중에 말했던 대로, 돈 알렉산드로의 뼈를 기꺼이 준비한 사람이다. 그러나 그는 이성이 그에게 있는 한, 그것을 결코 발설할 수 없다. 얀과 렉베는 조용한 밤에 해골을 선수에 고정시켰다. 이것 또한 흑인들이 그에게 말했다. 흑인 바보는 그 아래 글을 쓴 사람이다. 흑인 바보는 처음부터 끝까지 음모에 가담했다. 그는 모든 살인을 명했다. 그는 폭동의 핵심주도자였다. 아뚜팔은 모든 면에서 그의 보좌관이었다. 그러나 아뚜팔은 자신의 손으로 살인을 하지는 않았으며, 흑인 바보 또한 그랬다. ※ ※ ※ 아뚜팔은 배에 승선하기 전, 보트와 교전에서 총에 맞아 사살되었다. ※ ※ ※ 나이 든 여자 흑인들은 폭동에 대해 알고 있었고, 그들의 선장인 돈 알렉산드로가 죽은 것에 만족감을 나타냈다. 남자 흑인들이 그들을 자제시키지 않았다면, 그들은 흑인 바보의 명령으로 살해된 스페인 사람들을 단순히 죽이는 대신에, 고문을 해서 죽였을 것이다. 흑인 여성들은 증인을 제거하도록 하는 데, 최대한 영향을 미치려 했다. 그들은 여러 살인 행위에서 노래와 춤을 추었다. 춤은 유쾌한 것이 아니라 음산했다. 보트와 교전하는 동안과 마찬가지로, 교전 전에도 그들은 남자 흑인들에게 우울한 노래를 불러주었다. 그리고 이 우울한 음조는 다른 음조가 그러할 수 있었던 것보다 더욱 감정에 불을 지르는 것이었다. 그것은 그렇게 의도된 것이었다. 이 모든 것은 신뢰를 받고 있다. 이는 흑인 남자들이 그것을 이야기했기 때문이다.

증인이 알고 있는 승객들(그들 모두는 지금은 죽었다)을 제외하고, 승무원 삼십육 명 중에서 승무원에 포함되지 않은 네 명의 선실 심부름 소년들, 배의 심부름 소년과 더불어 단지 여섯 명만이 살아남았다. ※ ※ ※ 흑인들은 선실 심부름 소년 중에 한 명의 팔을 부러뜨려 그것을 도끼로 다듬어 그에게 주었다.

[다음에는 여러 시기에 관한, 여러 가지의 마구잡이 폭로가 이어졌다. 발췌된 것은 다음과 같다.]

아마사 데라노 선장이 배에 타고 있는 동안, 선원들은 몇 가지 시도를 했다. 에르메네힐도 간딕스가 그에게 진상을 알리려는 시도를 했으나, 이 시도는 죽음을 불러들일까 두려워 실효를 거두지 못했다. 더욱이 그것은 그런 사악함을 탐지할 능력이 없는 아마사 데라노의 관대함과 경애심 때문만이 아니라, 문제의 진상에 모순을 제공하는 간악한 계략 때문에 효과가 없었다. ※ ※ ※ 전 왕실 해군으로 약 육십 세의 루이스 갈고는 아마사 데라노에게 암시를 하려고 한 사람들 중의 하나였다. 이런 의도는 발각되지는 않았다. 하지만 의심을 받아 그는 어떤 핑계로 시야에서 벗어나게 되었고, 결국 물자저장고로 들어가 그곳에서 제거되었다. 흑인들은 그 이래 이것을 말해 왔다. ※ ※ ※ 선실 심부름 소년 중의 하나가 풀려날 것이라는 희망을 아마사 데라노 선장으로부터 느끼고, 신중치 못하게 그의 기대의 말을 흘렸다. 그때 밥을 함께 먹고 있던 흑인 소년이 그것을 엿듣고, 칼로 그의 머리를 내리쳐 심한 상처를 입혔다. 그러나 상처는 현재 나아지고 있다. 마찬가지로 배가 정박하자 곧, 그때 배를 조종하던 수부 중의 한 명이 그의 얼굴에 어떤 표정을 흑인들이 읽게 해서, 자신을 위태롭게 했다. 그러나 이 수부는 그 행동 후에 조심을 해서 위험을 피했다. ※ ※ ※ 이러한 진술들은 폭동 시작부터 끝까지 증인과 그의 부하들이 자신들이 한 것과 달리 행동한다는 것은 불가능하다는 것을 법원에 보여주기 위해서 이루어진 것이다. ※ ※ ※

　－이전에 수부들 사이에서 생활하도록 강요를 받아서, 수부의

습관을 지닌 에르메네힐도 간딕스라는 3등 항해사는 그 때 모든
면에서 수부로 보였다. 그래서 간딕스는 배에 오르기 전에, 보트
에서 잘못 발사된 소총 탄알에 의해 사살되었다. 그는 그들이 승
선할 때, 흑인들이 그를 죽이지 않도록 하기 위해서 '승선하지 마'
라고 보트에 소리를 지르면서, 놀라서 뒷돛대 장구 위로 뛰어 올
라갔다. 그런데 이것 때문에 미국인들은 그가 어떤 면에서 흑인에
게 호의를 보이고 있다고 믿어, 총 두 발을 발사해서, 그는 그 부
근에서 부상을 입고 쓰러져 바다에 떨어져 죽었다. ※ ※ ※ 3등
항해사인 에르메네힐도 간딕스와 마찬가지로, 젊은 돈 호아낀과
마르께스 데 아람볼라싸는 강등되어 평수부 복장을 했다. 한번은
돈 호아낀이 추워하자, 흑인 바보는 아샨티인 렉베에게 타르를 가
져오라고 해서 그것을 뜨겁게 해서, 돈 호아낀의 손에 붓게 했다.
※ ※ ※ 돈 호아낀은 미국인들의 다른 실수로 살해되었지만 죽
음은 피할 수 없었다. 보트가 접근하자, 흑인들은 돈 호아낀이 도
끼날을 바깥으로 똑바로 세워 손에 묶은 채, 현장에 서 있게 했기
때문에, 그는 그곳에서 손에 무기를 든 의심스러운 태도와 함께
배신적인 수부로 간주되어 사살되었다. ※ ※ ※ 돈 호아낀의 몸
에는 보석을 감춘 것으로 드러났다. 발견된 서류를 보면, 그것은
리마의 자비 여신상의 성전을 위한 것으로 드러났다. 그것은 그가
마지막 목적지인 페루에 상륙할 때, 스페인으로부터 모든 항해를

안전하게 끝마친 것에 감사를 표하기 위해서 미리 준비하고 보관한 헌납 제물이었다. ※ ※ ※ 죽은 돈 호아낀의 다른 물건과 보석은 존경받을 만한 법정의 처분을 기다리며, 데 사세르도떼스의 병원조합원에 보관되어 있다. ※ ※ ※ 보트가 공격을 하기 위해서 떠나는 데 서둘렀을 뿐만 아니라, 증인의 상태 때문에, 미국인들은, 외형상의 승무원 중에는, 바보가 위장시킨 한 승객과 한 사무원이 있었다는 것을 미리 알지 못했다. ※ ※ ※ 교전 때 죽은 흑인들 이외에, 몇 명은 체포되어 밤에 다시 정박한 후, 갑판의 볼트에 족쇄가 채워져 살해되었다. 이 같은 죽음은 그를 막을 수 있기 전에 선원들이 행했다. 그것이 전해지자, 곧 아마사 데라노 선장은 그의 모든 권한을 이용했다. 아마사 데라노 선장은 특히 마르띠네스 골라라는 인물이 족쇄를 찬 흑인 중의 한 사람이 입고 있던 낡은 옷 주머니에서 면도칼을 찾아, 그것을 그 흑인의 목에 겨냥하는 것을 자신의 손으로 내리쳤다. 점잖은 아마사 데라노 선장은 발소로메우의 손을 비틀어 백인의 대량 학살 때에 숨겨놓은 단도를 떨어뜨리게 했다. 그런데 그는 그것을 가지고, 같은 날, 다른 흑인과 함께 그를 쓰러뜨리고 뛰어올랐던 족쇄를 찬 흑인을 찌르려 하고 있었다. ※ ※ ※ 그는 배가 흑인 바보의 지배에 있었던, 그렇게 긴 시간 동안에 일어난 모든 사건에 대한 설명을 여기서 할 수는 없다. 그러나 그가 말한 것은 지금 그가 기억하는 가장 사실적인 부분이다. 그것은 그가 맹세코 말한 진실이다. 선언이 그에게 낭독된 후 그는 그것을 확인하고 인정했다.

그는 이십팔 세였고 몸과 마음이 상했다고 말했다. 마침내 그가 법정에서 풀려났을 때, 그는 칠레의 고향으로 돌아가는 것이 아니라, 아가냐[71]산 외곽에 있는 수도원으로 갈 것이라고 말했다. 그리고 당시에 그가 왔을 때처럼, 그는 남루하게 옷을 입고 인펠레스 수도승과 함께 사세르도떼스 병원으로 떠났다.

베니또 쎄레노
닥터 로사스

※

선서증언이 앞에 복잡한 문제를 푸는 적합한 열쇠처럼 이용된다면, *산 도미니크*호의 선체는 문이 활짝 열려진 금고처럼 오늘 열릴 것이다.

피할 수 없었던 초기의 복잡한 문제를 설명하는 것 이외에, 지금까지 이야기의 본질은 일어난 사건을 순서대로 정리하는 대신에 많은 부분은 회고하거나 두서없이 설명되어야 한다는 점을 요

---

71) 에스파냐 통치시대의 역사적 유적과 근대적 경관이 혼재하여 관광업이 성하다.

구하고 있다. 이 마지막 부분은 다음 구절과 함께 사건에 대한 설명을 마무리 지을 것이다.

리마로 가는 길고 평온한 항해 동안, 앞서 이야기한 바와 같이, 수난자는 그 시기 어느 기간 동안에, 건강을 조금 회복했거나 혹은 적어도 어느 정도 마음의 평안을 찾았다. 결정적인 재발 상태가 오기 전에 두 선장은 많은 정중한 대화를 나누었다. 앞서 분위기와는 아주 대조를 이루어 흉금을 털어놓는 우호적인 대화였다.

바보가 스페인 사람에게 강요한 역할을 행하는 것이 얼마나 어려웠는가 하는 점이 되풀이되었다.

'아 사랑하는 친구' '당신이 나를 침울하고 배은망덕한 사람으로 생각하고 있었을 바로 그때, 아니, 지금 당신이 인정하듯이, 내가 당신을 죽일 음모를 꾸미고 있다고, 당신이 반신반의하고 있었을 바로 그 순간, 내 가슴은 얼어붙었습니다.' '이 배와 당신의 배 위에서, 다른 손길로부터 온, 나의 친절한 은인이 처한 위험을 생각하면서, 나는 당신을 바라볼 수 없었습니다. 돈 아마사, 아마 나는 당신이 사실을 알지 못한 채, 당신의 배로 돌아간다면, 흔들이 침대에서 그날 밤 공격을 받게 될 나의 가장 훌륭한 친구인 당신과 당신과 함께 있던 모든 사람들이 세상에서 결코 다시 깨어나지 못했었을 것이라는 생각이 없었다면, 내 자신의 안전에 대한 욕망만으로 제가 당신 배로 감히 뛰어 들어갈 수 있었는지, 어떤지 모르겠습니다. 단지 어떻게 당신이 이 갑판으로 걸어왔으며, 어떻게 당신 밑에 벌집처럼 지뢰가 빽빽하게 설치된 이 선실에 앉게 되었는지 생각해 보세요. 만일 내가 우리 사이에 조금이라도 어떤 것에 대하여 알리려 했거나, 최소한의 암시를 했다면, 죽음, 폭발적인 죽음 – 나와 당신의 죽음 – 은 상황을 끝나게 했었을 것입니다' 라고 돈 베니또가 말했다.

'정말입니다. 정말이에요. 돈 베니또, 제가 당신의 생명을 구했다기보다, 당신이 저의 생명을 구해주셨어요. 또한 당신은 나의 지식과 의지를 넘어 생명을 구하셨습니다'라고 놀라서 데라노 선장이 외쳤다.

'아니오, 친구, 신이 당신의 생명을 마력으로 지키셨습니다. 그러나 당신은 저를 구하셨습니다. 당신이 한 일들 – 미소와 웃음, 성급한 지시나 몸짓이 생각이 나는군요. 그들은 이보다 작은 이유로, 나의 동료인 라네데스를 죽였습니다. 그러나 당신께서는 하늘 왕세자의 안전 통행권을 지니시어 모든 매복을 통과하셨습니다'라고 정중한 스페인 사람은 종교적인 문제까지 말했다.

'그래요. 모든 것은 섭리 때문이지요. 그러나 내 기분은 그날 아침에 평소보다 훨씬 좋았고, 한편으로, 실제보다 훨씬 분명하고, 고통스러운 시각은 나의 선함과, 동정, 자비 셋을 행복하게 섞으면서, 선함, 동정, 자비의 마음을 더욱 증진시켰습니다. 당신이 암시했듯이, 의심할 바 없이, 그렇지 않았었더라면, 나의 간섭은 아주 불행하게 끝났을 것입니다. 그 외에도, 제가 말씀드린 그런 감정들은, 예민함이 다른 사람을 구제하지 못하고 내 목숨을 잃을 수 있던 때에, 저에게 순간적으로 불신을 극복할 수 있게 해주었습니다. 단지 끝 무렵에 의심이 정말 저를 지배했습니다. 그리고 당신은 당시 그들이 얼마나 엉뚱했는지를 알고 계시지요.'

'정말, 크게 빗나갔지요.' '당신은 온종일 제 곁에 계셨지요. 저와 함께 서도 계셨고, 앉아서 이야기도 하시고, 서서 바라보시고 음식을 잡수시기도 하고 술도 마시셨지요.' '그런데 당신의 마지막 행동은 순진한 사람뿐만 아니라, 사람 중에서 가장 신앙심이 깊은 사람을 한 괴물로 사로잡히게 하는 것이었습니다. 그런 정도까지 악의적인 음모와 기만이 마음에 떠오를 수 있지요. 한 사람이 익숙하지 않은 조건에 처한 사람의 행위를 파악하는 데는 가장 완전한 사람조차도 커다란 실수를 할 수 있습니다. 그러나 당신은 그것을 강요받았지요. 당신은 늦든 이르든 속지 않으셨습니다. 두 가지 관점에서, 그것은 정말로 그러했고, 모든 사람에게 그랬으면 좋을 텐데'라고 베니또 쎄레노가 슬프게 말했다.

'돈 베니또 당신은 일반화하시는군요. 아주 슬프게도. 그러나 과거는 지나갔습니다. 왜 그것을 마음에 두고 계세요? 잊으세요. 보세요. 밝은 태양은 모든 것을 잊고 있습니다. 푸른 바다도 푸른 하

늘도 말입니다. 이런 것들이 새로운 잎을 만들고 있지요.'

'그들은 기억이 없기 때문입니다. 그들은 인간이 아니기 때문입니다'라고 그는 낙담하여 대답했다.

'그러나 당신의 뺨을 스치는 이러한 온화한 무역풍[72]이 인간처럼 치료를 하며 당신에게 다가오지 않는가요? 온화하고 변함없는 친구들은 무역풍입니다.'

'선생님, 그들은 어김이 없이, 나를 나의 무덤으로 데려갈 뿐입니다'라고 미래를 예견하는 응답이 있었다.

'당신은 구제되었습니다.' '구제되셨어요. 무엇 때문에 그렇게 우울해하시지요?'라고 데라노 선장은 점점 놀라고 고통스러워하며 외쳤다.

'그 흑인'

침묵이 흘렀고 침울한 사람은 관을 덮는 보처럼, 몸에 걸친 외투를 무의식적으로 천천히 걷어 올리며 앉아 있었다.

그날, 더 이상의 대화는 없었다.

그러나 위와 같은 주제에 대해 스페인 사람의 우울함은 종종 침묵으로 끝났지만, 그가 결코 말하지 않은 다른 것이 있었다. 그것에는 진정 그의 옛날의 침묵이 쌓아 있었다. 최악의 것은 생략하

---

72) 적도 부근의 상승기류를 보충하기 위해서 위도 30°~40° 부근의 지대에서 적도로 향하여 부는 항풍(恒風). 일 년 내내 끊임없이 분다.

고 단지 이야기를 분명히 하기 위해서, 이런 깃 중에 한두 가지를 인용하기로 한다. 사건을 이야기 해왔던 날, 그가 입었던 아주 정교하고 값비싼 옷은 기꺼이 입은 것이 아니었다. 전제 명령의 분명한 상징인, 은으로 장식된 칼은 진짜 칼이 아니었다. 단지 칼의 형상에 불과했다. 예술적으로 묶인 칼집은 비어 있었다.

그 흑인에 관해서 그는 몸이 아니라 그의 머리가 계획을 꾸며 음모와 폭동을 끌어내었다. 그것을 지탱했던 머리와 어울리지 않는 그의 작은 체구는 보트에서, 즉시 포획자의 우월한 근육의 힘에 굴복되었다. 이 모든 것이 끝나는 것을 보자, 그는 아무 말도 하지 않았고 그렇게 할 수도 없었다. 그의 모습은 마치 행동을 할 수 없기 때문에, 나는 말을 하지 않을 것이라고 말하는 듯했다. 그는 나머지 사람들과 함께 화물창 안에 수갑이 채워져 리마로 압송되었다. 항해 동안 돈 베니또는 그를 찾지 않았다. 그 당시와 그 후에도 그를 쳐다보지 않았다. 그는 재판위원회 앞에 서기를 거절했다. 재판관들이 강요하자, 그는 졸도했다. 바보의 법적 존재는 선원들의 증언에 의존했다.

몇 달 후, 흑인은 나귀 꽁무니에 매어 교수대로 끌려가 조용한 최후를 맞았다. 신체는 태워 재가 되었다. 그러나 벌집처럼 묘하게 뚫린 머리는 여러 날 동안 프라자[73]의 막대기에 고정되어 백인들의 시선과 스스럼없이 마주쳤고, 프라자를 가로질러, 그 지하

납골소에는 발견된 아란다의 뼈가 지금처럼 당시에 잠들어 있는 바르똘로메우 교회를 향했다. 그리고 그것은 리막 다리를 가로질러 외곽의 아가냐[74]산 위 수도원을 향하고 있었다. 베니또 쎄레노는 법정에서 풀려난 지 석 달 후에, 그곳에서 영구차에 실려 정녕 그의 지도자를 따랐다.

73) 아가냐의 중심부에 있는 아름다운 광장. 1년 내내 잔디가 푸르고, 중앙에는 육각형의 하얀 음악당이 서 있다. 1736~1898년에 스페인 총독 관저가 있었던 곳.

74) 서태평양에 있는 미국령 괌섬[島]의 주도(主都). 에스파냐 통치시대의 역사적 유적과 근대적 경관이 혼재하여 관광업이 성하다. 아가냐대성당·미크로네시아 지역연구소·박물관·미술관 및 선사시대의 라테석(石)이 있는 라테스톤 공원이 있다.

베니또 쎄레노에 대하여

미국 작가 허만 멜빌은 생존 시에는 세인으로부터 크게 주목받지 못했다. 그는 젊은 시절 포경선을 타고 항해 중에 배를 탈출해서 섬에서 식인종과 함께 생활한 경험을 지닌 기이한 작가로 알려지기도 했다. 또한 임종 시에 '한때 인기 있던 작가 사망'이라는 신문제하의 부고에는 당대인들이 오래 전에 죽은 사람으로 여겨질 만큼 만년에는 침묵을 지킨 작가로 실려 있기도 했다. 이런 그가 새롭게 조명을 받기 시작한 것은 1920년 이후로, 그는 점차 높은 평가와 더불어 오늘날은 19세기에 상상력이 가장 뛰어난 작가라는 평을 받고 있다. 이와 함께 그는 심리적, 정신적인 문제에 있어서 칼 구스타프 융이나 프로이트에 앞서 그런 세계를 탐구하여 이를 작품화한 선구자적 작가라는 평가를 받고 있다. 멜빌과 관련해서 아쉬운 점은 그가 이런 평가를 받고 있음에도 불구하고 그의 몇 작품은 그릇 이해되고 있는 점이다.

그중 하나는 「모비딕」이다. 이 작품은 멜빌이 고래라는 상징을 통해서 미국사회에 새로운 윤리적, 도덕적, 정신적 질서를 세우려는 시대정신을 깊이 반영하고 있다. 그러나 「모비딕」은 아합 선장이 신비한 고래와 투혼을 불사르며 싸우는 이야기로 이해되고 있다. 그의 유작 「빌리버드」도 마찬가지이다. 어느 평자는 이 작품을 서구사회에 대하여 부정적 시각을 지닌 멜빌이 서구사회를 수용하는 마지막 유언서라고 말하고 있다. 그런가 하면, 다른 평자는 그가 죽음에 임박해서까지도 서구사회에 대한 비판적 입장을 고수하고 있다는 견해를 밝히고 있다. 그의 정신적 여행기라고 볼 수 있는 「피에르」도 그들의 평가와 크게 다르지 않다. 이 소설은 모호함이라는 부제처럼, 이해하기 어려운 혼란스러운 작품으로 폄하되고 있다. 「칸휘던스-맨」은 그런 정도가 심해서, 이는 작가가 자신의 의도를 드러내려는 것이 아니라 의도를 감추기 위해서 쓴 작품이라는 혹평을 받고 있다. 멜빌의 작품은 이런 특징 때문에 사회로부터 외면을 당하거나 바른 평가를 받지 못하고 있지 않나 추찰된다.

그와 관련된 다른 원인은 멜빌 자신의 말처럼, 그는 '명예나 돈을 떠나 오로지 사회에 대한 투철한 사명감과 진리탐구의 구도자적 자세'로 사회와 인간 내면에 감추어진 악을 드러내고 있기 때문이라고 볼 수 있다. 실제로 그의 작품은 현실과 이상, 빛과 어두움, 선과 악, 서양과 동양, 흑인과 백인, 자연과 문명 등의 구도를 바탕으로 시대상과 인간의 죄악을 초기작에서 유작에 이르기까지 일관되게 반영하고 있다. 특히 「타이피」에서는 '문명화된 백인이야말로 가장 사악한 동물'이라는 표현을 하기에 이른다. 따라서 이원성을 바탕으로 자신의 그와 같은 의식과 자세를 투영하는 작품에는 갈등과 대립이 지속되고 이는 결국 죽음을 부른다. 그러나 죽음은 작품 속에서 갈등을 해결하는 실마리로 작품에 중요한 의미를 전하는 상징으로 이용된다. 그의 대부분의 작품은 죽음과 관련을 이루는 특징을 지니고 있다.

「모비딕」에서 아합 선장과 고래의 갈등은 모든 승무원의 죽음을 초래하였다. 그러나 작가가 이상시한 세계를 따르는 자연 숭배적 인물, 이스마엘은 기적적으로 살아남아 자신의 생존 이유를 밝히고 있다. 「모비딕」에 이어 나온 「피에르」에서 주인공은 이상과 현실 사이의 환멸로 갈등을 겪다 결국 허무에 빠져 다른 인물과 함께 죽음을 맞는다. 멜빌의 유작 「빌리버드」도 전작과 구조상으로 다르지 않다. 이 작품에서는 크래개르트라는 간악한 선임하사가 젊고 발랄한 빌리버드라는 잘생긴 수병을 시기하여 그가 선상 반란의 음모를 꾀하고 있다고 함장에게 거짓 보고한다. 따라서 빌리버드는 선임하사와 갈등을 빚고, 이는 두 사람의 죽음을 부른다. 그러나 그들은 죽음을 통해 상징적 존재로서의 의미를 부여받는다. 빌리버드는 비록 살인죄로 군법에 의해서 처형되지만, 결국 그는 어린 양으로 새롭게 탄생하는 모습을 보여준다. 한편, 그와 대비되는 인물 클레가르트는 천사에게 맞아 죽은 사단으로 묘사되며 인간 심리와 관련된 악의 특징을 전하고 있다.

멜빌이 사회의 어두운 면이나 내면에 감추어진 인간의 죄악을 드러내어 사회에 바른 의식을 고취시키려는 의도는 그의 서신에도 드러나 있다. 멜빌은 「모비딕」을 쓰고 난 후에 '나는 복음서를 썼으나 도랑에서 죽어야 한다'는 말이 그를 잘 보여주고 있다. 역설적이지만, 그의 작품에서는 남녀 사이의 사랑이나 여성과 관련된 이야기를 거의 다루지 않고 있다. 「피에르」에서 근친상간 등과 같은 외설적인 이야기와 피에르가 이사벨과 루시라는 두 여성을 사랑하는 데 대한 묘사가 있다. 하지만 이는 이성 간의 사랑이 아니라 상징과 관련된 문제에서 비롯된 것이다. 「베니또 쎄레노」에서도 흑인 여성이 현장 아래서 젊음에 찬 다리를 뻗은 채, 앞가슴을 들어내고 잠을 자고 있는 장면이 있다. 그러나 이는 인종으로서 흑인 여성의 순수하고 꾸밈이 없는 자연과 같은 모습과 함께 강한 모성애에 대한 일반적인 관점을 드러내기 위한 서술이다.

1856년에 *Pizza Tales*에 다른 중, 단편과 함께 발표된 「베니또 쎄레노」도 여러 면에서 다른 작품과 유사하다. 이 소설은 노예 매매가 성행하던 시기에 배에서 흑인이 일으킨 폭동을 소재로 한 작품이다. 평자가 「베니또 쎄레노」에 대하여 보여주는 관심은 작품이 실제 일어난 사건을 바탕으로 한 이야기가 아닌가 하는 점이다. 다른 하나는 1861년에 일어난 미국의 남북 전쟁에 어떠한 영향을 미쳤는가 하는 점이다. 멜빌이 「베니또 쎄레노」를 쓸 무렵 미국사회에서 흑인과 백인, 그리고 노예 문제는 심각한 상황이었다. 이는 남북전쟁을 촉발시켰을 뿐만 아니라 링컨 대통령의 암살을 불러오기도 했다. 따라서 당시 민감한 사회문제를 다루는 것은 결코 쉽지 않은 일임에 틀림이 없다. 그럼에도 불구하고 멜빌이 이를 작품화할 수 있었던 것은 그의 사회에 대한 투철한 사명감과 소명의식 때문으로 볼 수 있다. 다시 말해서 「베니또 쎄레노」는 서구사회의 어두운 실상을 반영하며 사회에 바른 의식을 불어넣으려는 작가의 고뇌가 담긴 시대정신의 산물이라고 볼 수 있다.

「베니또 쎄레노」는 「모비딕」과 더불어 멜빌의 상상력의 정점을 이루는 작품으로 평가받고 있다. 폭도들은 폭동 사실을 은폐하기 위해서 온갖 계략을 꾸며 백인들과 선장에게 무자비한 만행을 저지른다. 이 과정에서 그들이 저지르는 잔인한 행위는 말로 형용하기 어려울 정도로 교묘하고 끔찍하다. 그러나 이에 못지않게 놀라운 것은 그런 행위와 계략을 정밀하게 형상화해내는 작가의 창조

적이고 풍부한 상상력이다. 놀라운 상상력을 바탕으로 이야기가 전개되는 「베니또 쎄레노」에서는 실제 사건이 눈앞에 펼쳐지고 있는 것처럼 매 장면이 사실적이고 박진감 있게 묘사되고 있다. 「베니또 쎄레노」가 실제 일어난 사건에 바탕을 둔 작품이 아닌가 하는 의구심을 불러일으키는 이유도 이와 무관치 않다고 볼 수 있다.

「베니또 쎄레노」가 전하는 메시지는 다양하다. 흑인폭동은 주도 면밀하게 계획되어 결코 세상에 밝혀지지 않을 듯하였다. 그러나 우연이었든, 초자연적인 세계의 힘이든 혹은 섭리에 의해서이었든 사건 전모가 드러나며 사필귀정의 결과를 가져왔다. 또한 흑인들이 폭동 사실을 은폐하는 과정에서 보여주는 잔악성은 인간이 자신의 목적이나 생존을 위해서 얼마나 교묘하고 끔찍한 일을 저지를 수 있는가 하는 점을 시사하고 있다. 이와 더불어, 폭동의 주모자인 바보가 겸손을 가장한 채, 보여주는 잔악한 행위는 인간이 얼마나 위선적이고 야만적인 이중성을 지닌 존재인가 하는 점도 드러내고 있다.

종교적인 면에서 베니또 선장과 데라노 선장의 기적적인 생존은 초자연적인 세계나 그와 관련된 세계에 대한 믿음이나 가능성을 인정하는 양상을 보여주고 있다. 다른 메시지는 서구사회에서 인종문제는 빛과 어두움의 관계처럼 필연적이고, 운명적이지만 이들이 극단적으로 치달을 때 공멸할 수 있다는 점을 시사하고 있다. 이는 바보가 살인과 폭동죄로 처형되지만, 바보와 그의 동료로부터 끊임없이 죽임의 위협을 받은 베니또 선장 또한 그의 뒤를 따름으로써 암시되고 있다.

「베니또 쎄레노」에서는 작가의 자연관 또한 파악해볼 수 있다. 멜빌은 어린 시절 신앙심이 깊은 집안에서 태어나 종교적으로 커다란 영향을 받고 자랐다. 그러나 그는 사회에서의 고통스러운 경험과 사회에 대한 실망으로 기독교에 대하여 비판적인 시각을 가졌다고 볼 수 있다. 백인과 기독교에 대한 비판 의식은 그의 초기 「타이피」, 「우무」에서 발아되어 「모비딕」에서는 당시 유행한 초월주의를 바탕으로 상징을 통해 크게 반영되고 있다.

그 결과 「모비딕」에서 고래는 바다에 존재하는 거대한 물고기로서만 아니라, 자연에 존재하는 신적 존재로 나타나기도 한다. 또한 아합 선장이 포경선을 타고 태평양을 항해할 때, 온화한 바람이 불어오자, 아합 선장은 그에 감화를 받아 지난 과거를 회상하며 회오에 젖어 눈물을 흘린다. 이는 자연은 인간을 감화시키고 치유하는 능력이 있다는 초월주의의 관점과 관련되어 있다고 볼 수 있다.

「모비딕」에서 자연에 대한 다른 견해는 포경선이 난파된 후에 유일하게 살아남은 이스마엘이 대양을 바라본 장면에서 나타난다. 당시의 대양은 그들의 죽음과는 아무런 상관이 없이 무심하게 흘러가고 있다. 그 때 바다는 5,000년 전처럼 변함이 없이 흘러가고 있다. 아합 선장이 태평양을 지날 때, 그가 바다에 흘린 뜨거운 눈물은 광대한 자연 속에는 어떤 가치나 의미가 없음을 보여주고 있다. 이는 자연 속에 존재하는 인간의 존재와 가치에 대한 문제와 자연과 인간의 관계가 어떠한지를 보여주고 있다.

자연에 대한 이런 관점은 「베니또 쎄레노」에서도 찾아볼 수 있다. 선상폭동이 진압된 후, 데라노 선장과 베니또 선장이 리마로 항해하는 도중에 그들은 정중하고 허심탄회한 대화를 나눈다. 여기에서 무역풍이 그들의 뺨을 스치자 그에 대한 그들의 반응은 다르다. 데라노 선장은 무역풍을 온화하고 변함없는 인간의 친구로 병든 몸과 마음을 치료해준다고 믿고 있다. 그러나 베니또 선장은 무역풍은 단지 자신을 무덤으로 데려갈 것이라는 염세적인 견해를 보이고 있다.

또한 두 선장이 대화 중에 파도가 밀려와 창문을 때리며 물이 흘러내리자 데라노 선장은 이를 즐거운 소리로 받아드리고 있다. 그러나 파도소리는 베니또 선장의 침울한 우울증을 비난하고, 비록 그가 침울하고 그것으로 미칠 지경이 된다고 해도 그에 대하여 아무 관심이 없는 듯하다. 다시 말해서, 파도소리는 마음씨 좋은 데라노 선장에게는 즐거운 소리로 들리기도 하지만, 그들의 심리상태와는 관련이 없을 보여주고 있다. 자연에 대한 이런 관점은 일체유심

조(一切唯心造)라는 말을 연상시키고 있다. 데라노 선장이 느낀 자연은 인간의 감정이나 의식과는 무관하고, 단지 인간이 자연으로부터 스스로의 감흥이나 감정을 불러일으키고 있음을 보여주고 있다.

멜빌은 19세기 최대의 기교가로 인정받고 있다. 이는 그가 상징과 비유 등의 다양한 기교를 이용해서 전하는 의미를 깊고 풍부하게 하기 때문이다. 그가 이용하는 주요 상징은 색채이다. 「모비딕」에서 고래는 흰 고래로 나타나기도 하고, 때로는 검은 고래로 나타나기도 한다. 고래는 흰색과 검정색을 동시에 지닌 존재로 등장한다. 고래가 흰색을 지닌 존재로 묘사되는 것은 고래를 초월주의적 존재의 관점에서 본 것이고, 그를 검은 고래로 보는 것은 고래를 악마와 같은 존재로 보고 있기 때문이다. 전통적인 색의 관점에서 검정색은 신비, 죽음, 악마, 반역, 궤변, 우아함 등을 상징한다. 따라서 고래를 악마와 같은 존재로 인식하고 있는 아합은 고래를 검은 두건을 두른 존재로 나타내며 그를 잡기 위해서 투혼을 불사르고 있다.

「피에르」에서도 색채의 상징이 이용된다. 피에르가 즐거웠고 행복했던 어린 시절의 초원은 고요하고 평온이 깃든 천국과 같은 아름다운 곳이다. 그곳은 밝은 황금빛으로 물들어, 마치 죽은 생명까지도 소생할 수 있을 것처럼 생동감을 주는 곳으로 묘사된다. 그러나 그가 사회에 대하여 실망했을 때, 주변은 점점 어둡게 변

한다. 그가 찾은 도시는 불빛이 하나 둘 꺼져가며 어두움이 드리워진다. 그의 심리는 어둡게 변하고 염세주의적, 회의주의적인 양상과 함께 이는 회색으로 표출된다.

색채의 상징은 「베니또 쎄레노」에서도 이용되고 있다. 서두에서 *배챌러스 디라이트호*가 산타마리아 항구에 닻을 내렸을 때, 해안 풍경은 한 폭의 그림처럼 색채에 대한 묘사로 시작된다. 배가 정박했을 때 해안은 온통 잿빛으로 채색되어 있다. 해변은 어둑어둑한 회색의 수증기에 싸여 배를 식별하기가 어렵고, 바다 위를 나는 새들 또한 잿빛으로 날아가는 데 어려움을 겪고 있다. 해변의 이런 분위기는 '현재의 어두운 그림자보다 앞으로 다가올 그림자가 더욱 짙을 것이다'라는 묘사와 함께 색채를 통해 전개될 상황을 예고하고 있다.

멜빌의 작품에서는 색채만이 아니라 동물 또한 등장인물의 성격이나 특성을 나타내는 상징으로 이용된다. 「빌리버드」에서 사악한 인물의 표상인 클레가르트는 그가 죽을 당시, 천사에 맞아 죽은 뱀과 같은 존재로 묘사된다. 그와 대비되는 인물, 빌리버드는 어린 양처럼 새롭게 탄생하는 모습으로 묘사되고 있다. 뱀과 관련해서 바보가 사악한 의도를 가지고 베니또 선장을 칼로 찌르려 할 때, 그는 꿈틀거리며 기어오르는 뱀의 모습으로 그려지고 있다. 뱀은 사악한 존재나 그런 행위를 나타내기 위한 상징과 관련이 있다.

쎄레노 선장에게 충성스러운 종의 역할을 하는 바보는 개와 같은 존재로 묘사되고 있다. 그러나 개는 충성스러운 존재로서만이 아니라 불결한 존재를 나타내기 위해서도 이용된다. 베니또 선장이 그의 친구인 아란다가 살해되어 수장된 것과 관련해서, 그는 음식이 개에게 주어진 것처럼, 아란다의 시체가 상어에게 주어졌다고 말한다. 이는 성경에서 신에 불경한 아합 왕의 피를 개가 핥았다는 구절처럼, 개는 충성스러운 동물로서만이 아니라 불결한 존재를 나타내기 위한 상징으로도 이용되고 있음을 보여주고 있다.

상어 또한 「베니또 쎄레노」와 「모비딕」에서 상징으로 이용된다. 「모비딕」에서 상어 떼는 뱃전에 몰려들어 고래고기를 마치 목수가 나무를 뚫는 듯이 교묘하게 파먹는다. 이 광경을 바라본 스터브는 '그것이 바로 기독교인들이다'라고 상어를 일갈한다. 이스마엘 또한 세상이 고통스러운 것은 바다에 상어가 있기 때문이라며 상어에 대한 부정적 인식을 드러내고 있다. 「베니또 쎄레노」에는 상어와 개만이 아니라 회색 곰, 새끼사슴, 개, 뱀, 암표범, 펠리칸, 독사, 늑대, 비둘기 등과 같은 여러 동물이 나온다. 그들 역시 등장인물의 성격이나 심리상태 등을 전하기 위한 상징적 수단과 깊이 관련이 있다.

멜빌이 사망한 지 오랜 세월이 흘렀다. 그럼에도 그와 관련된 평가는 여전히 다양하고 작품에 대한 해석과 견해도 분분하다. 이는 멜빌의 작품이 아직도 많은 연구의 여지가 있다는 반증이다. 이런 점에서 「베니또 쎄레노」에 대한 본 역서는 비록 일천하지만, 멜빌의 작품에 대한 이해를 돕고, 그를 통해 그의 작가적 역량에 대한 바른 평가는 물론 그의 작품의 성가를 높이는 데 작은 디딤돌이 되었으면 하는 바람이다.

허만 멜빌의 생애 연대기

1819년 8월 1일 뉴욕시에서 상인 Allan Melvill과 미국 혁명의
영웅 Peter Gansevoort 장군의 딸 Maria Gansevoort 사
이에 8남매 중 3째로 태어남.

1825년 뉴욕 Male High School에 입학하여 4년 수학.

1829년 뉴욕 Columbia Grammar School에 다님.

1830년 아버지의 사업 실패로 Allan Melvill과 가족이 Albany로
이사. 1830년 10월부터 1831년 10월까지 Albany Academy
에 다님.

1832년 Allan Melvill이 빚으로 1월에 죽음. Albany에 있는 New
York States 은행에서 사무원으로 근무.

1834년 Massachusetts, Pittsfield 근교에 아저씨 Thomas 농장에

서 한동안 일함.

1835년 Albany에서 책방점원으로 일하기도 하고 형의 모피상 점
원으로 일하며 Albany Classical School에 다님.

1836년 9월에 Albany Academy로 돌아가 다음 해 3월까지 수학.

1837년 형의 사업이 실패하여 Pittsfield 가까이 있는 한 지방 학
교에서 학생들을 가르침.

1838년 Albany 근처 Lansingburgh로 가족과 함께 이사. Lansi-
ngburgh Academy에서 측량학과 공학을 공부.

1839년 *Democratic Press* and *Lansingburgh Advertiser*에 가명으로
'Fragments from on Writing Desk' 기고. New York에
서 Liverpool로 항해하여 Liverpool에서 5주의 시간을 보
내고 St. Lawrence 상선의 승무원으로 승선하여 돌아옴.
New York Greenbush에 있는 학교에서 가르침.

1840년 Illinois, Galena로 하계 방문, 가을에 New York City로
돌아옴. 일자리를 구했으나 실패함.

1841년 1월 3일 New Bedford에서 South Seas로 향하는 포경선
Acushnet호에 처음 승선하여 출항.

1842년 포경선에서 18개월 보낸 후 Marquesus에 Nuku Hiva에
서 Richard Tobias Greene와 함께 도망함, Taipi 계곡에
서 1개월을 보낸 후 Australia 포경선 Lucy Ann으로 항

해함. Tahiti에서 다른 사람들과 함께 반란자로서 육지에 하선. 10월에 도망함. Tahiti와 Eimeo를 탐사하고 감자 농사를 함. 11월에 Nantucket 포경선 Charles and Henry 호에 승선 항해.

1843년 5월 하와이 섬 Lahaina에 하선. Honolulu에서 여러 잡일 함. 미 해군에 입대. 8월에 구축함 승선.

1844년 약 4년 동안 외지에서 근무 후에 10월에 Boston에 도 착. 5월에 제대하여 Lansingburgh로 돌아감.

1845년 Marquesas에서 모험에 근거를 둔 책 집필. 미국 출판업 자에게 출판을 거부당함. London에서 John Murray가 출 판함.

1846년 *Narrative of a four Month's Residence among the Natives of a Valley of the Marquesas Islands*가 2월 London에서 출판. 다음 달 *Typee: A Peep at Polynesian Life*라는 제하로 New York에서 출판됨.

1847년 3월 하순 London에서 *Omoo: A Narrative of Adventures in the South Seas*가 발간됨. New York에서 친구 Evert A. Duyckinck가 편집하는 Literary World에 글을 씀. 그리고 *Yankee Doodle*에 풍자적 글을 기고함. 8월 4일 Massachusetts 대법원의 대법원장 Lemuel Shaw의 딸 Elizabeth Shaw와

결혼. New England 북부와 Canada에서 신혼 후 New York
에 정착함.

1849년 2월에 아들 Malcolm 태어남. 3월 London에서 Mardi 발
간하고 다음 달 New York에서 출판함. New York에서
11월과 London에서 9월에 *Redburn: His First Voyage*를 출
판. 10월에 (출판업자를 만나기 위해서) 런던과 대륙여
행을 떠남. 다음 해 2월에 미국으로 돌아옴.

1850년 1월 런던에서 *White −Jacket: Or, The World in a Man −
Of −War* 출판.
3월에는 뉴욕에서 출판. 포경선에 대한 경험을 바탕으로
집필 시작. 8월 5일 Pittsfield 근처에서 산책 도중에
Nathaniel Hawthorne을 만나 친교를 맺음. *Literary World*
에 "Hawthorne and Mosses" 출판. 9월 Pittsfield 가까운
곳에 농장 구입. 가족과 함께 그곳으로 이주.

1851년 Berkshires에 살고 있는 Hawthorne과 친교를 유지하며
Moby −Dick 집필에 열중. 7월 완성. 10월 런던에서 *The
Whale*이라는 제하로 발간. 11월 뉴욕에서 *Moby Dick or,
The Whale*로 발간. 둘째 아들 Stanwix 태어남.

1852년 *Pierre; or, The Ambiguities* 8월 뉴욕에서 발간. 11월 런던
에서 발간.

12월 Concord에 Hawthorne 방문.

1853년 5월 딸 Elizabeth 출생. 멜빌의 가족과 친구들이 그의 건강에 대하여 걱정함. 처갓집 가족들이 멜빌과 그녀의 삶에 대하여 걱정함.

*Putnam's magazine and Harper's New Monthly Magazine*에 설화와 단편 쓰기 시작.

1855년 3월 둘째 딸 Frances 태어남. *Israel Porter: His Fifty Years of Exile* 3월 초 뉴욕에서 발간(*Putnam's*에서 이전에 연재되었음).

1856년 Putnam's의 단편들 중에서 다섯 작품으로 구성된 *The Piazza Tales*와 새로 쓴 주제의 단편이 5월 뉴욕에서 발간. 10월에 건강증진을 위한 항해를 위해 Glasgow로 항해함. Liverpool에서 Hawthorne을 만남. 그때 그리스와 이태리 성지여행. 다음 해 5월 뉴욕으로 되돌아옴.

1857년 The *Confidence−man: His Masquerade* 3월 뉴욕과 4월 런던에서 출판. 3번의 정기 강연 중 첫 번째 강연 여행. "Statues in Rome", "The South Sea"와 "Travelling"이 연속 주제임.

1860년 2월에 그의 마지막 강연 실시. 5월 뉴욕에서 Cape Hope 를 돌아 샌프란시스코로 향하는 쾌속선에 그의 형 Thomas

선장의 손님으로서 승선하여 파나마를 경유하여 11월 뉴욕에 도착.

1861년 영사직을 구하기 위하여 워싱턴에 여행. 장인 Lemuel Shaw 죽음.

1863년 10월 영구적으로 Pittsfield 떠나 뉴욕의 East 26가 104번지로 이사.

1864년 버지니아 전선에 있는 육군 대령인 아저씨 Henry Gansevoort 방문.

1866년 몇 편의 남북 전쟁 시를 Harpe'에 발간. *Battle — pieces and Aspects of the War*의 시모음집을 8월에 발간함. 뉴욕항구에 세관원으로 임명됨.

1867년 아들 Malcolm이 총기사고 부상으로 사망.

1872년 그의 어머니 81세로 죽음.

1876년 *Clarel: A Poem and Pilgrimage in Holy Land*이 6월 초에 그의 아저씨의 비용으로 출판함.

1878년 그의 부인이 그녀의 아주머니로부터 재산 상속.

1885년 세관 검사원 사직.

1886년 아들 Stanwix 오랜 질병 후에 샌프란시스코에서 죽음.

1888년 마지막 항해로 2월에 버뮤다 항해. *John Marr and Other Sailors with Some Sea Pieces*을 편집하여 25권을 사비로 출판.

1891년 *Timoleon and Other Adventures in Minor Verse* 사비로 5월에
25권을 출판. 사후에 출간된 *Billy Budd, Sailor*의 개정작
업을 계속함. 2년간의 건강 악화로 9월 28일 죽음. '한
때 인기 있었던 작가의 죽음'이라는 제하의 New York
신문 부고에는 심지어 당대인들도 그를 오래전에 죽은
작가라고 여길 만큼 만년에는 침묵을 지켰다고 함.

황문수 ———————————————————————————————

▌약 력

청주대학교 영어영문학과 졸업
청주대학교 대학원 영어영문학과 석사
청주대학교 대학원 영어영문학과 박사
충청대학 영어통역과 교수

베니또 쎄레노

초판인쇄 | 2009년 9월 30일
초판발행 | 2009년 9월 30일

지은이 | 황문수
펴낸이 | 채종준
펴낸곳 | 한국학술정보㈜
주 소 | 경기도 파주시 교하읍 문발리 파주출판문화정보산업단지 513-5
전 화 | 031) 908-3181(대표)
팩 스 | 031) 908-3189
홈페이지 | http://www.kstudy.com
E-mail | 출판사업부 publish@kstudy.com
등 록 | 제일산-115호(2000. 6. 19)

ISBN   978-89-268-0285-4 03880 (Paper Book)
        978-89-268-0286-1 08880 (e-Book)

이담
Books 는 한국학술정보(주)의 지식실용서 브랜드입니다.